MAMIE A EU QUINZE ANS

Alice Dona, auteur-compositeur-interprète, a déjà publié *Cricri*, un récit consacré à sa petite sœur trisomique, (Anne Carrière, 2004).

Paru dans Le Livre de Poche :

CRICRI

ALICE DONA

Mamie a eu quinze ans

ÉDITIONS ANNE CARRIÈRE

ISBN : 978-2-253-11878-7 – 1re publication LGF

A Alexane et Elias.

« La jeunesse ressent un plaisir incroyable lorsqu'on commence à se fier à elle. »

FÉNELON.

Introduction

Il a suffi d'une banale conversation avec ma petite-fille, quand elle venait d'avoir quinze ans, pour que la réalité me transporte vers le rêve...

« Alors, ma belle, tu en es où, côté garçons ?

– Euh... Ça va... Enfin, c'est pas terrible... Et, de toute façon, tu pourrais pas comprendre ! »

Le couperet est tombé, dur, sec, implacable.

Et la mamie que je suis de se refermer comme une huître, sans demander de complément d'information.

Trop peur de devenir indiscrète.

O.K., je ne peux pas comprendre. O.K., tu penses que je n'ai jamais eu quinze ans. O.K., pour toi, ma vie commence à soixante ans.

Mais si tu savais, ma belle... Si tu savais...

Depuis ce jour, au hasard de mes rencontres et de conversations avec des adolescents de tous bords, je me suis amusée à faire le parallèle entre leur histoire et celle de la jeune fille que j'ai été.

C'est ainsi que, peu à peu, l'histoire d'Angeline et Mariette a pris corps dans mon imagination.

Permettez-moi de vous la livrer, telle qu'elle m'est venue, simple et romantique, légère et désuète.

Telle qu'elle aurait pu être, dans une autre vie...

1

Angeline

Angeline… Tu trouves que ça ressemble à un prénom, ça ? Plutôt une marque d'assouplissant, oui !

En tout cas, c'est le mien. Du coup, mes amis m'appellent « Angel ». Attends, tu le prononces comme sur les textos Njel, ou comme l'ange, chez les Anglais, « èn'geul ». Sinon, c'est trop nul !

Ma mère, c'est Marie. Mais, pour tout le monde, c'est Moune. Et je n'ai pas le souvenir qu'elle m'ait appelée une seule fois autrement que « Pupuce », comme ça, c'est réglé.

Mon père ? Il y a longtemps qu'il ne m'appelle plus. Depuis qu'il s'est trouvé, par hasard, une hôtesse québécoise dans un des avions qu'il pilotait juste avant de divorcer d'avec ma mère, quand je venais d'avoir cinq ans, et qu'il a dû partir au pays des caribous, soi-disant « pour affaires »…

Enfin, c'est ainsi que ma mère a cru bon de minimiser l'histoire à l'époque, en raison de mon jeune âge.

Depuis son départ, tous les ans, je reçois traditionnellement, par l'intermédiaire de ma grand-mère paternelle, restée en France et très proche de nous, une enveloppe pour Noël et une autre pour mon anniversaire, avec, chaque fois, 200 dollars US insérés dans une carte postale toujours la même, un paysage de neige, sur laquelle figure, au mot près, le même texte : « A ma petite fille… », devenu au fil des années « A ma grande fille de France qui me manque » et c'est signé « Papa Bertrand ».

Des fois que j'en aurais trouvé un autre !

De toute façon, je me souviens au moins d'une chose qui le concerne, c'est qu'il détestait écrire. C'est Mamiette qui s'est toujours occupée de ses papiers, même après son mariage avec ma mère. Alors, deux fois par an, j'utilise le même circuit et je charge ma grand-mère de lui renvoyer une photo récente, datée et signée, afin qu'il constate que j'ai encore pris quelques centimètres sans lui.

Mais jamais, au grand jamais, sa « chère petite grande fille » ne lui dira qu'il lui a manqué.

Et pourtant, il m'a manqué. Au début, énormément. Plus tard, beaucoup moins. Comme on dit si bien : « Loin des yeux… » Et, le temps passant, j'en suis même à me demander si je le reconnaîtrais en le croisant dans la rue. Parce qu'il a un peu oublié de m'envoyer sa photo, lui ! Mamiette en a sûrement quelques-unes qu'elle a scannées dans son ordi, mais je ne suis pas forcément pressée de les voir.

Mamiette, c'est la première au hit des « Graines de Top Grands-mères » ! Toujours bien coiffée mais sans que ça se voie. Toujours fringuée sport chic, avec des couleurs discrètes. C'est la classe, comme disent mes copains de lycée. A part cette manie qu'elle a de me surnommer « Linette ». Remarque, j'ai échappé à « Linotte », t'imagines le calvaire !

Bon ! C'est vrai que, au début, j'ai pas été super avec elle. Peut-être que je lui en voulais un peu, inconsciemment, d'avoir mis au monde un père trop souvent absent au départ, et définitivement à l'arrivée.

Bizarrement, elle a choisi de rester près de nous et, peut-être aussi, près de ses meilleurs souvenirs. Et ça m'a plutôt arrangée, parce que, du côté des grands-mères, je n'en ai connu qu'une ! L'autre est morte d'un cancer avant ma naissance, peu de temps après la mort de son mari, l'autre grand-père s'étant, lui aussi, évanoui dans la nature. En fait, je n'ai eu que des fantômes d'aïeux, et deux beaux-papys, les deux hommes de la vie de Miette.

Le premier s'appelait Blaise. Pas terrible comme prénom, mais il a bien voulu l'épouser avec son bébé, en l'occurrence mon père, quand elle n'avait que dix-neuf ans et demi. Il est mort d'un infarctus juste pour les vingt ans de mon paternel.

Le deuxième s'appelait Juan, c'était déjà plus exotique… Il avait dix ans de moins qu'elle, et il a débarqué à pied dans sa vie, juste pour ma naissance. Cinq ans après, il est reparti au pays des castagnettes sur la belle moto Harley Davidson que Miette venait de lui offrir pour ses quarante ans. Bien la peine !

La même année, mon père partait vivre au Québec. Sans nous. On n'a vraiment pas eu de chance, chez nous, du côté des hommes.

Alors on s'est serré les coudes, entre filles. C'était à prendre ou à laisser. J'ai pris !

Quand j'étais petite, je n'arrivais pas à bien prononcer « Mamie Mariette », alors j'ai d'abord dit « Mamiette », puis « Miette », parce que ça allait plus vite, et que, finalement, tout le monde l'appelait déjà comme ça.

Heureusement qu'elle ne s'appelait pas « Depin », comme le nom de jeune fille de ma mère ! Waouh… T'imagines ? Miette Depin ! Top délire !

C'est drôle, les prénoms. Tes parents se creusent les méninges pendant neuf mois pour t'en trouver un beau, rare, original et tout, qui sonnera bien avec ton nom, et, à peine débarquée dans le monde des humains, te voilà déjà transformée en « Pupuce » ou « Crevette » ! Trop nul !

La suite, on la connaît. Douze ou treize ans plus tard, quand tu commences à perdre ta crédibilité, du haut de ton mètre déjà soixante-dix, avec tes surnoms réducteurs et qu'on t'appelle enfin par ton prénom, le vrai, la première fois, tu regardes d'abord dans ton dos avant de comprendre que c'est bien à toi qu'on s'adresse.

Même au bahut, les profs, ils te le zappent, ton prénom. Et ça, je peux te dire que ça me gave ! Amaury-Depin par-ci, Amaury-Depin par-là… Alors que nous, les élèves, on doit leur balancer du « Oui, m'sieur », « Oui, m'dame »… Parce que c'est la règle. Tu parles, Charles !

Faut dire qu'ils l'ont bien cherché, eux, leur surnom de « Râteau », « Gueule en biais », « Manche à balai » ou « Fadasse ». Parce que leur vrai nom, ils te l'auront tellement bien articulé au début de l'année, que, deux jours après, tu l'auras déjà oublié. Peut-être l'angoisse qu'on le retienne trop bien, des fois qu'on les recherche plus tard, quand on voudra se venger de tout ce qu'ils nous ont fait subir ! Oh, l'obsession, t'imagines !

En tout cas, c'est pas ça qui va arranger les relations entre les étudiants et les enseignants. Nul, ça ! Archi-nul, même !

N'empêche, ils ont du bol, mes profs. Parce que les études, ça me branche bien quand même, surtout les maths, ce qui épate drôlement ma grand-mère. Elle, elle était prof de français. Moi, je voudrais faire des sciences. Il paraît que toute petite, déjà, chaque fois que je voyais un truc nouveau, je demandais : « Ça pousse ou ça se fabrique ? » Et je démontais tous mes jouets pour voir comment ça marchait.

***

Oh, là, là… Comment je vais m'habiller pour mon annif ? J'ai plus rien à me mettre ! J'le crois pas : en un an, j'ai encore pris cinq centimètres.

Ma mère trouve que je grandis trop vite. En même temps, il paraît que c'est normal : souvent, en devenant adultes, les enfants se retrouvent plus grands que leurs parents. Bien sûr, ça a tendance à se vérifier quand les deux parents sont déjà d'une bonne taille.

Là, il se trouve que mon père faisait un mètre quatre-vingt-cinq et ma mère un mètre soixante-douze. Alors, forcément, ce que le pédiatre avait prédit à ma mère est arrivé : depuis trois mois, ma Moune se retrouve plus petite que moi. Je peux même plus lui faucher ses pompes, je fais deux pointures de plus qu'elle. Du 39, je suis passée au 41. T'imagines les bateaux !

Mercredi dernier, pendant que Mamiette m'accompagnait faire du shopping pour mon annif, Moune en a lâchement profité pour ranger ma chambre. Elle a viré de mon armoire tout ce qui ne m'allait plus. Au passage, elle m'a gaulé trois ou quatre tops que j'adorais ! Ils étaient, paraît-il, devenus trop petits pour moi, et puis « se balader tout le temps le nombril à l'air, c'est pas génial »... C'est elle qui le dit mais toutes mes copines le font, c'est hypertendance. Alors je fais quoi, moi ?

N'empêche, ça m'a fait drôle quand, avec Miette, on a retrouvé ma mère pour prendre le thé. J'ai eu l'impression de boire un pot avec moi. Les fringues, la coiffure, tout y était. Sauf l'acné !

Je trouve quand même un peu zarbi une mère qui s'habille comme sa fille de quinze ans quand elle en a quasiment quarante... Ça voudrait dire que, pour peu que la mode soit au rétro quand j'aurai son âge, je risque de me retrouver encore fringuée comme aujourd'hui ! Tu vois le délire !

Heureusement, entre-temps, on aura porté d'autres fringues qu'on aura intérêt à mettre de côté pour nos enfants. Ça leur fera faire des économies pour le cas où ça serait à nouveau branché plus tard ! Parce que je me suis aperçue, en regardant un jour des vieilles photos avec Miette, que, au fond, les couturiers avaient tendance à piquer un peu de leurs soi-disant nouvelles idées dans la mode des vieux. Et on appelle ça de la création ! Moi je dirais plutôt de l'escroquerie, c'est clair ! Et puis, t'as vu les prix ? Trop délire !

En attendant d'avoir quarante ans comme ma mère, dans un mois pile, j'en aurai quinze. C'est pas la mort, mais c'est pas très cool non plus. D'accord, on avance doucement, c'est déjà mieux que quatorze, mais c'est chiant quand même. Comme l'impression de ne toujours pas être finie.

De toute façon, c'est vrai que je suis pas finie. T'as vu tous les boutons sur le front ? La te-hon totale ! Et plus je les presse, mes boutons, plus ma mère se lamente, et plus y en a des nouveaux qui arrivent. En même temps, c'est logique, je sais.

Il va encore falloir que j'épluche la rubrique beauté dans *Girls* où ils proposent souvent les derniers produits magiques pour planquer tout ça. Mais c'est la galère quand même !

Le pire, c'est ma grand-mère. Tu vas pas le croire ! Quand on est allées au Louvre faire le parcours du *Da Vinci Code*, tu sais ce qu'elle m'a dit en partant de la maison ? « Dis donc, ma Linouche, ne te vexe pas trop, mais t'es un peu maquillée comme une voiture volée aujourd'hui ! »

Non mais, t'imagines la réflexion qui tue ?

Remarque, je sais que c'est pas méchant, mais Miette adore les comparaisons toujours un peu chelou. Quelquefois, elle pratique un de ces humours glauques ! Heureusement, j'ai le coup pour lui renvoyer des vannes, moi aussi !

Mais quand même… Je trouve qu'elle est hyper mal placée pour critiquer mon look ! L'autre jour, elle m'a sorti ses vieux albums photos des années soixante… Eh ben, y a de quoi se marrer !

T'imagines Miette à l'école, tablier fadasse à manches longues sur jupe plissée bleu marine et corsage à col Claudine ? Sous le pupitre en bois, avec porte-plume et encrier blanc en faïence, on aperçoit des sandales et des socquettes blanches. Quant à la coiffure, c'est la totale : superchignon à boucles, avec la frange épaisse trop courte coupée bien droite au milieu du front. Waouh ! La dégaine qui tue ! Sur les photos avec les garçons, c'est pas top non plus pour eux : tous en blouse gris foncé, les cheveux bien tondus autour des oreilles et plaqués sur la tête avec la raie sur le côté. Hyper-sexy, les garçons ! Je me demande comment elle a fait, Mamiette, pour en dénicher un au milieu de tout ça !

Non, franchement ! Ma grand-mère devrait repenser à tout ça de temps en temps… Surtout quand elle se paye ma tête à cause de mon look.

2

Mamiette

« Mais, euh !... Miette ! Grouille-toi... T'es pas cool ! »

Oui, je l'avoue, c'est vrai. Je ne suis pas toujours très « cool » quand elle déboule avec son mètre soixante-quinze planté sur les semelles plates de ses Converse rose fluo, et qu'elle avance trop vite devant moi dans les galeries interminables du Forum des Halles, avec ce que d'aucuns appellent des pieds... du 41 fillette !

Comment pourrais-je être « cool » quand je n'ai même pas le droit de m'arrêter devant les vitrines de déco ou de linge de maison ?

Tout ça parce qu'on n'a pas encore trouvé les « pompes-trop-belles-tu-sais-comme-celles-de-J.Lo.-dans-son-clip » (Jennifer Lopez) et que, de toute façon, on ne prendra pas le temps de s'asseoir pour déjeuner. Ça « plomberait trop » la journée « grave »...

Eh bien, oui, c'est vrai, je ne suis pas toujours cool. Et de temps en temps, je me « plomberais bien la journée grave » Chez Denise, mon bistrot préféré de la rue des

Prouvaires, ne serait-ce que pour y reposer mes petits pieds, du 38, en savourant un onglet-échalotes-frites !

Mais je résiste et je file droit. J'apprends le « d'jeune » et je me soigne.

Le problème, chez Linette et ses congénères boutonneux, c'est qu'ils nous donnent parfois l'impression que l'appellation de « grand-mère » rime avec incompréhension totale du pays des ados ! J'ai un peu cette sensation bizarre d'être née figée à soixante ans.

Alors, de l'état de momie en herbe, on est passées direct à celui de mamie, en oubliant qu'il y a eu un entre-deux, toute une période où l'on a pu connaître le bonheur d'être une jeune maman, en attendant, plus tard, celui d'être enfin grand-mère.

Bien sûr, quand on a fait connaissance, Linette et moi, j'avais déjà dépassé la quarantaine, et ce n'est qu'après la fuite de son père, mon fils Bertrand, et celle de Juan, compagnon inconstant d'une courte période de ma vie, que nous nous sommes un peu rapprochées. Nous étions plus jeunes, en tout cas, que ma propre grand-mère et moi lorsque je croisai pour la première fois son regard. Grand-maman, du haut de sa cinquantaine déjà bien grisonnante, m'était apparue hors d'âge et inaccessible.

Du haut de mes propres quinze ans, avais-je jamais éprouvé l'envie de dialoguer avec cette aïeule d'une autre planète ? En aurions-nous seulement retiré un peu de plaisir ? Nul ne le saura jamais puisque, durant les week-ends que je passais chez mes grands-parents, hormis les échanges de banalités concernant la température extérieure et les prévisions météo, il me fallait respecter, à la minute près, un emploi du temps bien établi.

Il m'était impossible d'envisager de prendre quelques instants pour nous perdre dans des conversations, lesquelles auraient sans doute été perçues comme superficielles et inutiles. Alors, pas question de s'immiscer dans la programmation immuable du déroulement des journées.

Puis grand-maman s'en est allée rejoindre grand-papa qui l'avait précédée au paradis de nos aïeux.

Si je ne devais garder qu'un seul souvenir de cette grand-mère, il aurait des relents de *Massacre à la tronçonneuse* version light. De mes séjours chez elle, j'ai gardé, entre autres images, celle d'un inusable chandail gris, scotché sur un tablier fleuri, qui me coursait jusque dans le jardin, brandissant une paire de ciseaux à la main, avec une seule idée en tête : couper ces cheveux sur mon front qu'elle jugeait toujours trop longs, au grand désespoir de ma mère qui n'avait plus, tout comme moi, qu'à se résigner en constatant le soir les ravages en dents de scie laissés sur une frange désormais bien trop courte. Mais « tellement moins négligée », de l'avis définitif de grand-mère.

Avec Linette, tout me paraît différent. Plus proche, actuel, vivant, plus spontané aussi, et pourtant... Regardez-la, telle une Africaine blonde, avec ses dreadlocks au bout desquelles dansent des perles multicolores ! Ses yeux sont d'un bleu plus transparent qu'un ciel d'été après un bon coup de mistral ; des yeux magnifiques, dont on ne remarque même plus la couleur tant ils sont cerclés de khôl. Parfait pour le rôle de Draculette dans *La Petite-Fille de Dracula*.

Je passe sur les produits de beauté achetés chez Marionnaud ou Sephora, largement amortis au quotidien par Linette. Paupières pailletées de mauve et joues farinées de blush pour cacher l'acné, contre lequel elle est entrée dans une lutte acharnée depuis deux ans.

Et cette jolie bouche, naturellement pulpeuse et bien dessinée, qu'elle croit bon de souligner encore au crayon, et qu'elle « glosse » et « reglosse » tous les quarts d'heure avec le bâtonnet de rouge nacré, toujours prêt à être dégainé de sa poche revolver !

Insérez le tout dans une liquette rose de chez Jenyfer, étriquée et bien trop courte, qui laisse apparaître le nombril d'un ventre légèrement dodu, seul vestige d'enfance de ce grand bébé à la peau encore duveteuse et blanche.

Et, plus bas, bien sûr, il y a le jean… Oh, mille fois pardon, Linette !… Pas ce vulgaire jean classique, bien ajusté, légèrement moulant et de coupe droite que Moune lui a récemment acheté avec de jolies bottes. Que nenni ! Mais plutôt son éternel baggy multipoches de chez Gap, choisi exprès, il y a deux ans, deux tailles plus grand, retenu par une large ceinture au plus bas du bas des hanches, juste en dessous du haut d'un caleçon habituellement porté par les garçons, avec la marque Hugo Boss bien visible. Tendance « à mort » chez les ados, paraît-il… En attendant de pouvoir s'acheter son premier string chez 6ixty 8ight !

Il faut dire qu'en 2005 les ados attachent de l'importance au fait de porter des vêtements dits « de marque », signalant leur appartenance à un mouvement bien défini, équivalant souvent aux goûts musicaux du moment. Du free-style au hip-hop, en passant par la pop, le rap, le groove, le R'n'B ou RnB ou le raggamuffin…

Mais l'horreur parmi les horreurs reste pour moi ce fond de pantalon, flottant à peu près à mi-cuisses, dont les jambes de toile bleu délavé et tigré dégoulinent en accordéon pour s'engouffrer dans deux Converse All Stars ou des Nike montantes passées moult fois en machine pour un aspect plus « trash », comme dirait Linette !

Tentez donc d'expliquer à cette jeune plante que l'ensemble n'est pas très glamour…

On se demande même parfois s'il ne s'agirait pas d'un enlaidissement volontaire ? Quand je la vois maquillée à ce point, telle une voiture volée, alors que, sous le fard de « Draculette », sommeille un visage d'ange, si beau au naturel.

Tentez de lui vanter, pour l'acné, les bienfaits du grand air et d'une nourriture plus saine, voire les vertus des légumes verts, alors qu'elle ne jure que par les pâtes et les patates !

J'essaie de me souvenir de mes propres quinze ans et entreprends de lui donner quelques exemples…

« Tu sais, Linette, tu as de la chance qu'on t'autorise tout ça à quatorze ans parce que moi, à ton âge… »

Elle m'interrompt aussitôt.

« Ah, ça y est, on va avoir droit au chapitre : "D'mon temps…" Vas-y, Miette, dis-moi tout ! Et je te signale quand même que j'approche de mes quinze ans ! »

Ah oui, quand même !

Et Linette de se perdre les yeux au ciel tandis que j'abandonne l'idée de lui raconter ma mode des sixties.

***

Lorsqu'on avait quinze ans en 1960, le maquillage nous était strictement interdit jusqu'à nos dix-huit ans.

Il nous suffisait de nous coiffer façon Brigitte Bardot, une frange bien épaisse pour camoufler nos boutons jusqu'à la lisière des sourcils, surmontée du fameux chignon à boucles qui nous permettait de paraître plus grandes. Les escarpins à talons aiguilles n'étaient même pas envisageables, excepté pour Mardi gras, seul jour où nous avions l'autorisation de nous déguiser en « dame ».

Les garçons n'avaient pas intérêt à essayer de nous effleurer les cheveux, sinon ils « perdaient l'affaire » ! Chaque boucle avait été au préalable humidifiée à la bière, détendue au Babyliss, crêpée, relissée, puis savamment enroulée pour être enfin fixée par une épingle en U.

Une fois le chignon terminé, on apportait la touche finale en vaporisant toute la surface avec ce qu'il restait de laque dans la bombe Elnett.

A partir de là, plus rien ne devait être bousculé dans l'édifice. Nous préférions mille fois être traitées de « crâneuses » ou de « pimbêches », voire, suprême insulte, « d'espèce de Marie-Chantal », auquel cas nous répliquions par des « flûte ! crotte ! zut ! ». Quoi qu'il en soit, pas question de prendre le risque d'être décoiffées par le moindre souffle de vent ou un geste malheureux !

Pour pallier cette éventualité, le grand chic consistait à caler soigneusement le tout sous un petit fichu en triangle de tissu pastel, que l'on nouait juste à la naissance du menton. Il y avait aussi la possibilité du grand carré de mousseline, que l'on pliait en deux pour recouvrir le chignon et s'envelopper ensuite le cou, en prenant bien soin d'en laisser retomber les deux extrémités dans le dos. Un peu comme Grace Kelly sur la couverture du dernier numéro de *Jours de France* ou de *Cinémonde*, où elle ressemblait à un ange : les deux ailes de son foulard blanc flottant au vent, assorti à une jolie robe fourreau, dans la Triumph décapotable rouge pilotée par son mari, le prince Rainier de Monaco…

J'adorais ces couvertures de magazines parce qu'elles étaient en couleurs. A l'intérieur, la plupart du temps, toutes les photos étaient en noir et blanc.

Bien entendu, qu'on soit en 1960 ou en 2005, même lutte, même combat : celles qui avaient des cheveux courts et frisés ne rêvaient que de les avoir longs et raides, et les blondes à baguettes de tambour d'être brunes et bouclettes, et vice versa…

Le summum était atteint les jours de grand beau temps quand nous chaussions nos lunettes de soleil aux montures blanches en œil de biche, chères à Marilyn Monroe, toutes plus extravagantes les unes que les autres, et que nous essayions en vain de ressembler à nos mamans quand elles se faisaient belles pour aller danser au bal du samedi soir, au bras des papas sur leur trente-et-un !

Pour nous habiller, il n'existait pas trente-six solutions : surtout enfiler par le bas, pour ne pas se décoiffer, le justaucorps aux manches trois-quarts, assorti aux ballerines Repetto noires dont la bride ressortait bien sur les socquettes blanches en Nylon, qu'il nous fallait sans cesse remonter quand elles dégoulinaient sur nos chevilles ; il n'y avait plus qu'à glisser enfin la jupe à godets en vichy, turquoise ou rose, sur le jupon de tulle à volants blancs, amidonné puis repassé le matin même par nos chères mamans, et dont il fallait absolument laisser dépasser la bordure, en broderie anglaise, de deux ou trois centimètres sous la jupe.

La touche finale était apportée par une large ceinture vernie bien raide, avec laquelle, pour donner du bouffant à la jupe, on s'étranglait la taille à n'en plus pouvoir respirer.

En repensant à tout cela, je me dis que l'uniformisation de la mode était peut-être encore plus frappante en 1960. De nos jours, chacun bénéficie de plus de choix pour porter ce qui lui va et se sentir à l'aise, sans sacrifier, comme nous le faisions jadis, à la tendance du moment de peur de passer pour un « has been total ».

« Tu ne trouves pas Linette ? »

Je m'étais aventurée à évoquer à haute voix mes dernières réflexions… Peine perdue !

Et ce portable qu'elle a en permanence collé sur l'oreille ! Je ne sais pas ce qu'elle peut bien avoir à raconter de si important au milieu de cette foule bruyante du Forum des Halles.

Quand je repense à mes parents qui, pour avoir une ligne téléphonique fixe à la maison, devaient attendre trois à six mois avant de se voir attribuer un numéro, je me dis que, décidément, Linette a bien de la chance.

En a-t-elle seulement conscience ?

C'est en la déposant, au retour de notre périple socioculturel, que j'ai jugé bon de confier à sa mère mon sentiment d'impuissance à communiquer avec ma petite-fille en matière de mode, de nouvelles technologies et autres sujets divers.

Moune entreprit de me rassurer immédiatement, tout en se dirigeant vers la cuisine pour me préparer du thé :

« Oh, tu sais, Miette, même avec moi, c'est un peu hard. On a attaqué la période du "ouais, je sais" ou du "ouais, mais tu peux pas te rendre compte", ce qui signifie clairement : "T'y connais rien, ma pauvre vieille !" Alors, attendons patiemment que ça lui passe et ne nous acharnons pas sur l'idée d'une éventuelle conversion. C'est comme si tu pissais dans un violon. »

L'expression reste assez déstabilisante au niveau de l'image qu'elle engendre, mais elle n'est pas pour me déplaire. C'est ce moment précis qu'a choisi mon cerveau pour m'en envoyer d'autres, beaucoup plus charmantes.

Et si, pour les quinze ans de Linette, on partait une petite semaine ?

Juste toutes les deux, toutes seules, comme ça, histoire de !

Histoire de parler de tout, de rien.

Histoire de nous regarder vivre l'une et l'autre, d'apprendre à mieux nous connaître. Apprendre à cohabiter quelques jours dans des conditions autres que celles de nos rencontres épisodiques ou de nos vacances d'été en groupe.

Une certaine façon de forcer un peu le destin en ne gaspillant pas notre temps avec des non-dits ou des secrets jalousement gardés. Ne pas laisser rouiller les premiers maillons d'une belle chaîne d'amour.

Ces gènes mystérieux que nous avons en commun pourraient-ils nous y aider ? Voilà un sujet passionnant que devrait aborder Linette si elle va au bout de ses études scientifiques ! J'ai comme une envie débordante de faire sauter les bouchons et de mélanger les éprouvettes !

Mes pensées s'évadent, mes idées s'envolent, mon esprit fait du tricot et mes couleurs s'emmêlent les pinceaux… C'est l'utopie totale. Je suis une grand-mère parfaite tenant par la main une petite-fille de rêve sur un chemin nimbé de voiles pastel… Je commence à planer dangereusement…

« Un vrai sucre ou un faux, Miette ? Miette… ? »

Moune vient de me faire atterrir brutalement en m'apportant ma bonne tasse de thé vert fumant.

Je dois tout de suite lui parler de cette idée de voyage. Elle va adorer !

En attendant, il faut que j'enlève mes chaussures, j'ai trop mal aux pieds !

3

Mes amis, mes amours, mon portable…

Ouf ! J'suis trop contente ! Avec Miette, on a déjà trouvé mes Nike montantes en cuir marron. C'est dans la boutique garçons qu'on les a dénichées. Avec mon 41, chez les filles, y avait plus rien.

La prochaine fois, on s'attaque au total look ! On a déjà repéré l'ensemble qui tue pour mon annif : un super jean marron, taille basse, jambes courtes de chez Diesel et la veste Army assortie. Avec les 200 dollars que je vais recevoir de mon père, ça devrait le faire. Et si c'est un peu *just*, Miette rajoutera ce qu'il faut au bout, comme chaque fois, parce que j'explose toujours mon budget !

Pour ça, c'est trop cool de faire les magasins avec Mamiette. Elle regarde pas trop à la dépense, et ça, c'est grâce aux sous que Blaise lui a laissés à sa mort. Quand elle voit que je suis déçue parce que les fringues qui me plaisent bien sont toujours un peu trop chères pour mon porte-monnaie, elle sort sa carte de crédit et, alors que je proteste un peu pour la forme, elle me lance ses bons dictons, du style : « Quand je serai morte, y en aura plus ! », ou encore « J'vais pas emporter tout ça avec moi dans la tombe ! »

Que du gai, c'est clair !

Elle m'éclate trop quand, d'un coup, elle en a marre de courir partout derrière moi ! A partir de là, je sais que je peux lui demander n'importe quoi. Elle est tellement *out* qu'elle devient d'accord sur tout et ne rêve plus que de trois choses : me ramener à la maison, se déchausser parce qu'elle a toujours mal aux pieds, et déguster enfin sa traditionnelle tasse de thé en racontant à Moune nos exploits de la journée.

Faut dire qu'aujourd'hui elle est particulièrement pressée : elle veut absolument discuter de moi avec ma mère ! Qu'est-ce que j'ai bien pu faire encore qui mérite qu'on en discute ?

Remarque, je m'inquiète pas trop. En plus, elles s'entendent super bien, ces deux-là. Peut-être parce qu'elles n'ont plus de parents ni l'une ni l'autre, et qu'elles ont vécu ensemble, et mal, l'histoire du départ de mon père pour le Québec. Alors j'aime bien quand elles se retrouvent comme une mère et une fille qui auraient plein de trucs à se raconter. Un jour, j'ai dit ça à Miette, et elle m'a répondu en fredonnant, comme elle le fait souvent :

« On choisit pas ses parents, on choisit pas sa famille… »

Elle a entendu ça dans une chanson de Maxime j'sais plus comment, un chanteur de sa génération. Je le connais un peu pour le voir une fois par an à la télé, à la soirée des Enfoirés. J'aime pas mal sa voix douce. Miette a ajouté, d'un air un peu triste, qu'il a malheureusement bien raison dans sa chanson, le Maxime. C'est sûrement à cause des paroles qui lui rappellent mon père fantôme et mon grand-père que j'ai pas connu.

Moi, j'ai de la chance : j'aime beaucoup Mamiette, et il se trouve qu'elle est de ma famille ! Alors, c'est cool. Tiens, là, depuis qu'on est rentrées, elle prend son thé avec Moune, même qu'elles ont l'air de bien se marrer ! Je suis sûre qu'elles parlent de moi, c'est trop top !

Moi j'ai filé tout de suite dans ma chambre, au premier étage. De toute façon, j'aurais pas pu rester pour m'éclater avec elles vu que, à 19 heures pétantes, j'appelle toujours Vanessa pour lui raconter ma journée. Même que, quelquefois, quand on est en vacances, on joue à distance à répondre aux questions de *Qui veut gagner des millions*, chacune devant notre télé ! Ça bouffe nos forfaits, mais c'est bien délire !

Et puis, on a décidé que ce serait comme ça, alors on s'appelle tous les jours, où qu'on soit, même si on a déjà passé l'après-midi ensemble en cours. Les jours pairs, c'est elle qui appelle, les impairs, c'est moi. Et on a toujours des trucs à se raconter.

Aujourd'hui, on est le 21, donc c'est mon tour.

C'est pas mal fichu, notre système, sinon y en a toujours une des deux qui explose son abonnement avant la fin du mois et ça aurait tendance à être moi ! Quand c'est le cas, je me retrouve coincée jusqu'au début du mois suivant et là, pas question de téléphoner sur la ligne fixe, réservée à tout le bazar de Moune qui travaille le plus souvent sur l'ordinateur de la maison. Elle invente des slogans de pub et crée des logos pour des nouvelles marques. Ça s'appelle « designer », ou « publisher » ou « marketeur », bref, un truc en anglais, quoi !

Moi, j'ai une ligne spéciale avec un accès limité pour mon ordi. Juste pour avoir des renseignements sur Internet qui m'aident après pour faire mes devoirs, mais à des horaires bien précis et sous surveillance. Mais pas question de jeux ni de chat's en ligne, ordre de la Reine-Mère-Marie-Moune !

Du coup, mes chat's sur les forums, je les fais de chez Vanessa, quand on bosse nos devoirs ensemble. Sa mère, elle surveille pas trop ces choses-là. De mon côté, je m'arrange pour ne pas en parler à la mienne en rentrant. Comme ça, tout le monde est content !

Vaness, finalement, c'est ma meilleure amie depuis qu'on a emménagé presque en même temps dans notre lotissement, il y a huit ans. Quand je dis finalement, c'est qu'il y a eu des périodes sans. Souvent pour des histoires de garçons ou de jalousies avec d'autres filles qui voulaient aussi devenir mes meilleures copines. Alors, dans ces moments-là, on se parlait moins, forcément. Mais moi, j'y peux rien, je peux pas m'empêcher de discuter avec des gens nouveaux. Il faut dire que je suis trop curieuse. Mais elle, elle est trop jalouse !

Le truc qui nous a fait chaque fois redevenir les meilleures amies, et ça on n'y peut rien, c'est qu'on s'est toujours retrouvées dans la même classe, de la communale au collège, et encore cette année, au lycée, qui est pourtant à quinze kilomètres de chez nous. Eh bien, nos mères ont choisi le même parmi les cinq proposés, sans jamais se consulter !

Ensuite, sur les six classes de seconde, le hasard nous a encore permis de pousser ensemble la porte de la même classe tous les matins, et, du coup, on rentre tous les soirs par le même car.

Alors, forcément, ça crée des liens, c'est clair !

4

Noirmoutier

Pourquoi ai-je décidé qu'on irait plutôt à Noirmoutier ?

D'abord, parce que j'ai trouvé qu'un séjour dans notre maison de l'Atlantique serait plus approprié que dans un hôtel je ne sais où, sûrement sur la Côte d'Azur à cause du soleil.

Ensuite, parce que Linette connaît déjà bien l'île puisqu'elle y vient chaque été depuis sa petite enfance.

Enfin, par instinct, peut-être, par nostalgie aussi, et par romantisme aigu.

Car c'est sur la plage de Luzeronde, où l'on avait le droit de faire du nudisme en famille sans que cela ne choque personne, que j'ai vraiment ressenti ce que d'aucuns qualifieraient de coup de foudre pour Bertrand de Grandvilliers, mon premier amoureux.

Il avait l'habitude de s'installer toujours au même endroit, avec sa bande de copains du Bois de la Chaize, à deux parasols de celui à l'ombre duquel j'étais sagement assise avec ma grand-mère, qui insistait toujours pour que je protège ma peau, trop fine et trop blanche, des coups de soleil. Je sentais souvent son regard posé sur moi, mais n'osais pas lever le nez de mes *Whiteoak de Jalna*, de peur de croiser ces yeux bleus qui me faisaient fondre, quand ils n'étaient pas abrités derrière des lunettes de soleil.

Puis, un jour, le voilà qui s'approche de moi et, après avoir poliment salué ma grand-mère, m'adresse la parole :

« Salut, je m'appelle Bertrand. Euh… je te vois toujours toute seule, là… Si tu veux, tu peux venir avec nous. Je te présenterai mes amis… »

Je n'ai pas réfléchi longtemps avant d'accepter. J'ai juste guetté durant quelques secondes une éventuelle lueur de désapprobation dans le regard de ma grand-mère. Laquelle lueur, à mon grand soulagement, n'est pas apparue.

Je croisais pourtant Bertrand sur cette plage depuis toute petite, mais je n'avais pas porté trop d'attention à cette bande de garçons et filles qui me paraissaient inaccessibles. C'est que leur milieu social était bien éloigné du nôtre. A l'époque, je faisais du camping-caravaning avec mes grands-parents, près du port de pêche de l'Herbaudière. Bertrand et ses amis, eux, passaient leurs deux mois d'été dans leurs grandes maisons de famille, toutes voisines de la Tour Plantier, plus au nord de l'île, entre la crique de l'Anse rouge et la plage des Souzeaux.

A partir de ce jour, j'ai donc déménagé deux parasols plus loin.

J'appris la vie en bande, surveillée de loin par ma grand-mère. Entre les parties de ballon dans les vagues, de badminton, de Jokari ou de Frisbee sur le sable, je réussissais quand même à instaurer le « jeu des mots » pendant les pauses. Nous nous mettions alors à plat ventre sur nos serviettes, installés en rayons de soleil pour être plus proches les uns des autres. Cela consistait à tirer au sort une lettre de l'alphabet et à donner le nombre de lettres et de syllabes contenues dans le mot choisi. Le premier qui trouve le mot prend la main et ainsi de suite.

J'adorais ce jeu car je gagnais souvent en dénichant des mots plus difficiles à orthographier les uns que les autres, ce qui ne manquait pas de fasciner Bertrand, plus fort en sport et en maths qu'en français. Et surtout… surtout… j'aimais ces moments où, comme pour me faire part de son admiration, il laissait glisser ses lunettes sur le bout de son nez en me regardant droit dans les yeux. Je pouvais lire alors dans les siens tous les plus beaux messages du monde.

J'avais quinze ans et lui dix-sept.

Deux étés plus tard, après une longue balade romantique, main dans la main, dans l'allée des Désirs qui porte si joliment son nom, nous avons échoué sur le sable fin de notre petite crique, le plus souvent ignorée des vacanciers parce que plus isolée des autres. Là, entre deux chapelets de rochers, sous un superbe coucher de soleil, j'ai fait l'amour avec Bertrand pour la première fois, après deux ans d'une liaison entretenue par les courriers enflammés que nous échangions entre Lyon et Paris le restant de l'année. Moi avec mes enveloppes roses, lui avec ses enveloppes bleues.

J'avais dix-sept ans et lui dix-neuf.

Deux ans plus tard, je venais de fêter mes dix-neuf printemps alors que Bertrand allait bientôt atteindre la majorité, tant attendue, de ses vingt et un ans, et nous nous disions au revoir, comme chaque année, allée des Soupirs.

Je pris alors la route qui mène à l'embranchement du passage du Gois avec mon Solex. Puis, le temps que Bertrand finisse de boucler ses valises, je restais plantée là, attendant de voir arriver la belle DS 21 Pallas gris métallisé des Grandvilliers. Dans peu de temps, elle bifurquerait en direction du continent, emportant mon amoureux qui m'adresserait un dernier signe de la main par la vitre baissée. J'ignorais ce jour-là que je ne reverrais Bertrand ni l'été suivant ni ceux qui lui succéderaient.

Du jour au lendemain, le temps à Noirmoutier me parut interminable, jusqu'à ce que mes grands-parents et moi pliions bagages à notre tour pour rejoindre mes parents à Paris.

Une semaine passa.

Comme chaque matin, au bureau d'accueil du camping, je guettais fiévreusement le passage du facteur quand celui-ci me délivra enfin l'enveloppe bleue tant espérée. Je pris le temps de la tourner et de la retourner dans mes mains, d'en respirer l'odeur, avant d'aller m'asseoir sous un arbre, à l'abri des regards indiscrets. Je l'ouvris délicatement, prenant soin de ne pas déchirer les trois petits cœurs rouges dessinés au verso. J'avais pris l'habitude de les déposer précieusement, après les avoir découpés, dans le petit coffret en coquillages que Bertrand m'avait offert pour mes quinze ans, et que j'allais trouver des plus affreux dans la minute à venir.

Je commençai à lire. Alors se mit à déferler la tempête sous le ciel bleu, à se déchaîner l'ouragan sur la mer d'huile.

Bertrand m'annonçait qu'il quittait la France pour la Nouvelle-Calédonie, avec toute sa famille.

Son père était nommé là-bas. Un poste très important. Plus que bien rémunéré. Une opportunité à saisir, qu'on ne saurait refuser.

Et moi, dans tout ça ?

Bertrand m'avouait le savoir depuis le début des vacances, mais il n'avait pas voulu tout gâcher en m'annonçant trop tôt ce qu'il qualifiait de « terrible nouvelle ».

Terrible nouvelle ? Affreuse, oui ! Effroyable ! Dramatique ! Désespérante ! Hallucinante ! Je n'avais pas de mot, moi, pour définir ce qui me tombait sur la tête !

Etait-ce donc pour cette raison que, la veille de son départ, Bertrand m'avait fait l'amour plus tendrement, plus longuement, plus passionnément, plus violemment, plus désespérément encore que les autres fois ? Et moi qui avais mis cette tendresse, cette patience, cette passion, cette violence, ce désespoir sur le compte d'une trop grande tristesse à l'idée d'une nouvelle année de séparation.

Etait-ce cette raison, aussi, qui lui avait fait repousser, cet été-là, encore et encore, malgré mon insistance, l'annonce de l'officialisation de notre liaison auprès de ses parents ? Je les connaissais si peu ! Je ne les croisais qu'à l'occasion des surboums organisées avec sa bande du Bois de la Chaize, dans le jardin des Souzeaux, là où mes amis de l'Herbaudière ou de l'Epine n'étaient jamais conviés et où je faisais figure d'exception.

Des souvenirs aigres-doux mêlés à de tendres sentiments s'entrechoquaient douloureusement dans ma tête tandis que je poursuivais ma lecture.

La lettre de Bertrand m'apprenait aussi que M. de Grandvilliers père avait pris la décision de vendre son appartement lyonnais en même temps que de se séparer de la grande maison des Souzeaux, qu'il mettrait très prochainement en vente.

Eh bien, voyons ! Tant qu'on y est !

J'osais à peine lire la suite... Bertrand terminait en me promettant qu'on se retrouverait obligatoirement un jour, puisque nos destins étaient à présent plus qu'intimement liés, et il me jurait que j'étais ce qu'il avait de plus cher au monde...

Facile à dire quand on est soudain à des milliers de kilomètres ! Et jusqu'à quand ?

Mais moi, pauvre naïve, je décidai désespérément d'y croire.

Je n'ai plus jamais reçu de nouvelles.

Deux mois plus tard, maman m'accompagnait chez le gynéco pour y recevoir la confirmation que j'étais enceinte.

***

Après s'être consciencieusement déchargée auprès de mon père de son éventuelle responsabilité en ce qui concernait mon état, ma mère avait cru bon de rejeter toute la culpabilité sur la négligence dont avaient fait preuve mes pauvres grands-parents. Elle leur avait confié mon éducation pendant toute la durée des vacances d'été et c'est ainsi qu'elle en était remerciée !

Puis vint la période des entretiens interminables entre mes parents, entretiens auxquels je n'avais pas le droit d'assister. A ma grande surprise, il apparut que mon cher papa, dont je redoutais la réaction, se montra plus compréhensif que je n'aurais osé l'imaginer, même dans mes rêves les plus fous.

Un soir, tandis que je m'endormais, il se laissa même aller à venir chuchoter dans l'entrebâillement de la porte de ma chambre :

« Miette… Miette, tu dors ? »

Je choisis lâchement de ne pas répondre, trop inquiète d'avoir à faire face à une discussion que je ne souhaitais pas, et restai plongée dans la pénombre, tournant le dos à la porte, faisant mine de dormir.

Après un silence, il poursuivit :

« Eh bien, même si tu ne m'entends pas… Je voulais te dire que, finalement, je suis assez heureux à l'idée de devenir un jeune grand-père… et de garder plus longtemps que prévu ma grande fille à la maison. Bonne nuit, ma chérie… »

La lueur qui avait un moment éclairé ma chambre venait de disparaître, me replongeant dans le noir. Il avait refermé la porte avec une infinie précaution.

Ce furent sûrement les seules paroles de grande tendresse que j'ai entendu mon père prononcer à mon égard. Et dire que je n'ai jamais osé lui avouer que j'étais bien éveillée ce soir-là. Parce que, lui et moi, nous avons toujours été trop pudiques, trop timides, trop secrets, trop absents, trop pétris d'orgueil aussi. Je sais aujourd'hui de qui je tiens.

Le lendemain matin, comme si de rien n'était, lorsque mon père fit part de son souhait que « nous » gardions ce bébé, je fis donc semblant d'être plus qu'étonnée. Nous ne pouvions cependant en informer le papa : contrairement à ce que m'avait assuré Bertrand en post-scriptum dans son ultime courrier, sa mère n'avait jamais envoyé à la mienne leur nouvelle adresse…

Alors, si c'était un garçon, parce qu'il était pour moi hors de question que ce fût une fille, je suppliai ma mère d'accepter qu'on l'appelât Bertrand. Après tout, c'était mon enfant, et même si je n'étais pas encore majeure à l'époque, j'estimai qu'il y avait certaines décisions qui m'appartenaient. Ma mère comprit mon choix et mon père ne s'y opposa pas.

Et ce fut un garçon. Et je l'appelai Bertrand.

5

Allô, Van' ?

« Allô, Van' ?… Bah oui, je sais, j'suis en retard, il est 19 h 05… Pourquoi, j'te dérange ? »

Qu'est-ce qu'elle est casse-pieds, Vanessa, quand elle s'y met ! Si je ne l'appelle pas à 19 heures pétantes, ça y est, elle s'affole.

Pour téléphoner, j'aime bien être hyperrelax et aujourd'hui, en rentrant de courses avec Miette, il a fallu qu'en plus je prépare mon polochon de voyage en cata, vu qu'on part demain.

« … Ouais… ouais… attends, je m'installe et je cale mon ampli sur l'oreille, tu vas halluciner ! »

Quand je suis au fil avec Vanessa, on sait qu'il y en a au moins pour une demi-heure, alors, en général, je fais ma gym sur mon lit pendant qu'on discute, comme ça j'ai pas l'impression d'avoir perdu de temps. Et pour ça, le micro ampli mains libres, c'est hyperpratique.

« … Ouais… Tu sais, hier, je t'ai dit qu'on allait faire les courses avec ma grand-mère… Ouais… Eh ben, tu vas pas croire, l'idée qu'elle a eue en rentrant !… Non,

non, elle m'achète pas mon scooter pour mes quinze ans… Non, non, on fait pas la teuf chez elle… Ouais… Ouais… Mais attends, laisse-moi parler ! Ouais… Tu vas voir, c'est totalement ouf !… Ouais… Ouais… »

Pour ça, Vanessa, elle est hallucinante ! T'es là, juste au bord de lui donner des détails, et crac ! Elle va plus vite que toi et avance tous les trucs qui lui passent par la tête…

J'ai largement le temps d'ouvrir un sachet de Dragibus. O.K., Moune, je t'entends déjà râler qu'il y a bien assez de sucre là-dedans pour que je ne me bousille pas en plus les dents bêtement !

Tiens, c'est marrant ! Même en posant le casque sur mon oreiller, j'entends toujours la voix de Vanessa. Mais elle va me laisser en placer une ou quoi ? Allez, tant pis on y retourne !

« Allô… Ouais… Ouais… Bien sûr que j'suis toujours là… Hmmm… Alors, tu sais que je ne devais rien faire pour les vacances… Eh ben, je pars demain à Noirmoutier avec Miette… Non, mais attends… Non, mais attends, j'te dis, j'ai pas fini… Ouais, je sais… Ouais, ouais, ça déchire grave, mais te réjouis pas trop… Ah, non ! Surtout dérange pas ta mère, parce qu'on t'emmène pas cette fois !… Non, non… c'est pas qu'elle veut plus… Mais non, c'est pas que j'veux pas non plus… »

Et voilà, ça y est, elle s'affole encore ! Quelle chieuse, quand même, des fois ! Tu vas voir que si je gueule un peu, moi aussi, elle va s'arrêter net.

« … Mais attends, écoute-moi, bordel !… »

Gagné !

« … Maman vient pas non plus, je pars toute seule avec Miette !… Ah, tu vois, c'est ouf, non ? »

Le temps qu'elle réagisse, je peux attaquer le sachet de fraises Tagada !

« … Allô, t'es toujours là ?… Quoi ?… Mais non, je vais pas m'ennuyer. De toute façon, on reste en ligne et je t'enverrai des photos tous les jours sur mon blog si je peux… Ouais, ouais, c'est clair, d'ailleurs ma grand-mère, c'est Mamarazzi son deuxième nom !… Bah, oui, les photos… paparazzi, mamarazzi… C'est de l'humour… Bon, ça fait rien, je t'expliquerai ! »

Le problème, avec Vaness, c'est qu'elle comprend l'humour mais toujours avec un métro de retard ! Alors des fois, ça me soûle parce que chez nous on a tendance à aller vite, côté blagues. Mais bon, je l'aime bien quand même !

« … Mais non, ma petite cop d'amour, je vais pas passer des vacances trop nulles, ça me branche bien, moi… Attends… D'abord, Miette, elle est hypercool… Et puis, elle veut me raconter plein de trucs… Ouais… Ouais… Bah, j'peux pas te dire, puisqu'elle me les a pas dits. T'es relou, quand même !… Attends, c'est pas trois mois à Tahiti que je pars, c'est sept jours en Vendée… Bah oui… Bah non… Mais non, t'inquiète !… Attends une seconde… Quitte pas, j'ai des crampes… »

Je vais me mettre sur le tapis pour faire mes abdos, le lit, c'est trop mou.

« Evidemment que j'emmène pas mon ordi, Miette aura le sien, c'est clair. Depuis qu'elle s'est mise à Internet, elle peut plus s'en passer… Ah ouais, zut ! T'as raison, là-bas y a pas l'ADSL, mais bon, on verra bien… Ouais… Ouais… Mais on s'appellera de toute façon sur le portable… Ouais, même heure… Ouais… Ouais… Bah oui, Steph non plus, il le sait pas… Oh, shit ! Faut que je lui dise, il est même pas au courant… Ah ça, oui, sûr qu'il va me faire la tronche grave… Je préfère même pas imaginer… Ouais… Ouais… T'as raison… Mais non, t'inquiète, ce sera cool quand même, tu vas bien trouver d'autres trucs à faire sans moi !… Mais si, tu vas voir… T'inquiète… Mais non… T'inquiète ! »

Zut ! J'ai une Tagada coincée dans les dents !

« … Quoi, le bruit ?… Ah, c'est rien, je fais mes abdos en mangeant des Tagada… Bah non, ça m'empêche pas de parler… Quoi, tu comprends rien… Qu'est-c'que tu dis ?… Ah, oui, c'que j'emporte comme fringues ? »

Mouais… Sûr que Moune va encore dire que j'en ai emmené pour trois mois, mais c'est comme ça, j'aime bien avoir le choix et puis les trucs d'hiver c'est hyper plus encombrant que les trucs d'été !

« … Alors… J'ai pris mon survêt Adidas, mes vieilles Nike… Ouais, les rouges aussi… Ah non, je laisse les neuves ici pour mon annif, elles sont trop belles, et j'ai pas trop envie de les destroyer… Non, j'ai pris le jean épais et le treillis kaki… Ouais… Et la doudoune, aussi… Bah non, évidemment que c'est pas le pôle Nord, mais Miette m'a dit qu'on va se les cailler sévère… Ouais, j'ai téléchargé tous les CD sur mon iPod… Mais non, je les emmène pas. Tu peux passer les prendre à la maison, si tu veux… Hein ?… Mais non ! T'es ouf, ou quoi… Mais sûr que j'vais pas fumer, pauv' truffe ! »

Remarque, j'imagine bien la tête de Miette si elle me voit allumer une clope, c'est l'infarctus assuré !

« … Ouais… Bah non ! Des prémix non plus, tu parles. D'abord, là-bas, y en a pas et, de toute façon, elle va boire de l'eau elle est au régime… Ouais, c'est clair… Ouais… Ouais… Ouais, c'est clair… »

En fait, je sais pas trop pourquoi on dit toujours « c'est clair » entre nous, on en balance à la pelle et surtout dans les moments où ça l'est pas !

Zarbi, non ?

6

Berty

Une année entière s'écoula avant que Berty junior et moi ne fassions la connaissance de Blaise, notaire de son état, un adorable et sécurisant quadra célibataire qui, après trois mois d'une cour dans les règles de l'art, proposait de « nous » épouser.

Je me suis empressée d'accepter. A cette époque, l'état de fille mère risquait d'être mal perçu par le reste de la famille, très à cheval sur les principes et plus que soucieuse du qu'en-dira-t-on. Malgré tout, j'ai refusé que Blaise donne son nom au petit Bertrand, préférant que mon fils conserve mon nom de jeune fille.

Bertrand Amaury, Berty Amaury junior. Oui, ça sonnait bien.

Au cas où son vrai père viendrait à le rechercher un jour.

Hypothèse peu probable mais « sait-on jamais », disait ma mère.

La vie avec Berty n'a pas toujours été de tout repos. Berty débordant d'une énergie à toute épreuve, dès qu'il fut en âge de marcher à quatre pattes, il fallut redoubler de vigilance. Nous ne le quittions plus d'une semelle. Mes parents, de plus en plus fatigués et touchés, l'un après l'autre, par la maladie, Blaise décida d'engager quelqu'un à domicile pour s'occuper du petit pendant que nous travaillions. C'est ainsi que Berty épuisa huit nounous en à peine trois ans, jusqu'à ce qu'il intègre enfin l'école !

Nous eûmes alors droit à quelques années d'un certain répit, le fait d'apprendre de nouvelles choses chaque jour semblant avoir un effet bienfaisant sur notre diablotin.

Le grand calme avant la tempête !

Le jour de ses huit ans, Berty nous annonça fièrement qu'il venait de faire un vœu en soufflant les bougies de son gâteau mais que c'était un secret qu'il ne nous faudrait révéler à personne.

Après nous avoir obligés à jurer sur la tête de Goldorak et cracher comme il se doit, il consentit à nous révéler son secret :

« Quand je s'rai grand, j'veux faire pilote. »

Mais attention ! Pas n'importe quel pilote ! Il serait – je cite – soit « dans des avions américains pour descendre des kamikazes japonais » (à mon grand désespoir, Blaise l'autorisait de temps à autre à regarder avec lui des films de guerre à la télévision…) soit, à défaut, « commandant du Concorde, l'avion-oiseau » dont Blaise avait encadré la photo qui trônait au-dessus de son lit depuis sa sixième année.

A dater de ce jour, Berty est devenu expert dans l'art de surgir à tout moment, courant et vrombissant, bras écartés, telle une abeille géante, traversant le salon en trombe sous le regard ébahi des invités, ou investissant le couloir sur toute sa longueur pour atterrir en force dans la cuisine, juste au moment où je versais la béchamel sur les choux-fleurs.

Cinq ans plus tard, les commentaires sur ses carnets scolaires étaient plus qu'éloquents : « trop tête en l'air », « doit redescendre sur terre s'il veut réussir ses études », « devra faire l'avion dans un autre établissement s'il continue ainsi »...

Malgré les conseils, les menaces de punitions et les sanctions répétées de ses professeurs, rien n'y faisait. Berty-tête-de-pioche n'en démordait pas.

Paradoxalement, dès que Blaise s'invitait à partager avec lui la lecture de documents touchant à l'aviation, Berty-bulldozer se transformait en Berty-statue, attentif, béat et passionné par ces récits dont il ne se lassait pas, vautré sur le canapé du salon en serrant précieusement sur son ventre le gros coussin de velours rouge qu'il affectionnait particulièrement depuis sa plus tendre enfance.

Hormis l'heure des devoirs, durant laquelle il nous fallut souvent batailler, Berty restait un petit garçon adorable, souriant, farceur, débordant d'énergie, d'imagination et d'humour.

Peut-être pas assez câlin à mon goût, mais, de ce côté-là, l'héritage familial n'avait pas favorisé les trop grands débordements affectifs entre lui et moi. Chacun gardait ses distances, attendant plutôt que l'autre se manifeste, ce qui n'arrivait que très rarement, excepté pour les fêtes et les anniversaires.

On a fêté les quinze ans de Berty en 1980. Au salon du Bourget.

Tandis que les autres ados étaient contaminés en masse par la fièvre disco du samedi soir, que Coluche montait à l'assaut de l'Elysée, que Reagan devenait président des Etats-Unis, qu'Alfred Hitchcock rejoignait ses oiseaux, que John Lennon était assassiné et que Jean-Paul II séduisait la jeunesse française au parc des Princes, Berty, lui, consacrait la plupart de ses loisirs à la réalisation de maquettes d'avion et à la lecture d'ouvrages spécialisés.

Lorsqu'il a eu dix-huit ans, après avoir décroché son bac de justesse, et sur les conseils de Blaise, j'ai consenti à l'inscrire dans une école de formation aéronautique.

A compter de ce jour, ses bulletins scolaires sont devenus excellents. Nous partagions nos week-ends entre le petit aérodrome de Toussus-le-Noble, où nous nous rendions avec lui chaque samedi, et notre balade traditionnelle du dimanche dans le bois de Boulogne, tout proche de la maison. Un équilibre qui nous convenait.

Au bout de six mois, pourtant, trop anxieuse de nature et de plus en plus angoissée chaque fois que l'avion de Berty amorçait son atterrissage, je décidai de laisser à Blaise le soin d'accompagner mon pilote, préférant attendre leur retour dans le calme de notre nid douillet de Neuilly.

C'est peut-être à ce moment-là que Berty et moi avons commencé à nous éloigner l'un de l'autre, sans vraiment nous en rendre compte.

L'été, à Noirmoutier, quand le soir nous entamions une énième partie de tarot avec les voisins ou amis de passage, Berty, au lieu d'aller faire la fête comme tous les jeunes de l'île, s'installait dans un transat, dans la pénombre du jardin, la tête dans les étoiles.

Lorsque Berty décida d'intégrer l'école de formation de pilotes de Toulouse-Blagnac, les séparations se multiplièrent. Il ne rentrerait plus qu'un week-end sur deux.

Et quelle ne fut pas notre surprise, un vendredi soir, quand il nous ramena Marie, tendrement surnommée Moune, une étudiante rencontrée à Blagnac où il suivait sa formation de pilote.

Moi qui avais toujours redouté le moment où Berty me présenterait la femme de sa vie, persuadée à l'avance qu'elle me déplairait forcément puisqu'elle me priverait encore plus de mon fils, je me suis étonnée en fondant littéralement sous le charme de Moune. Il ne fallut pas plus de deux week-ends pour qu'elle et moi devenions les meilleures amies du monde !

Un été plus tard, le tout Noirmoutier était convié à faire la fête sous les lampions accrochés autour de la plage des Dames, pour célébrer les vingt ans de Berty qui en profita pour demander à Moune de l'épouser.

Ce jour-là, Marie Depin devint Mme Amaury.

Au printemps suivant, Blaise nous quittait brutalement, victime d'un infarctus.

7

Allô, Vanessa

« Allô, Vanessa ?... T'es toujours là ? Ouais, ça a encore coupé... Mais non, c'est pas moi, pauvre truffe !... Qu'est-c'qu'on disait, déjà ?... Ah oui, le voyage... Non, on prend pas le train parce qu'on est trop chargées, on y va avec l'Audi TT, c'est trop top, elle est grave belle ! Miette a fait installer des enceintes 5 point 1, tu le crois ?... Ouais, j'te jure... Avec Skyrock à fond la caisse, ça va être le kif total, c'est clair !... Mais non, elle dira rien, de toute façon, elle sait bien qu'au bout d'une heure ou deux je m'endors. Après, elle peut se mettre France Bleu tranquillos !... Attends deux secondes, je bouge ! »

Quand les réverbères sont allumés dehors et qu'il fait sombre comme maintenant dans ma chambre, j'aime bien me planter devant ma glace en pied et me faire des poses comme les tops models. Avec la lumière qui passe par mon Velux, ça fait un effet hyperchouette, et puis personne me voit !

« Oh oui, ça va déchirer, c'est clair... Quoi ?... Ah bon ?... Bah non, j'ai pas lu celui de cette semaine...

Et ça dit quoi, pour les Poissons ?… Un voyage ? Ah, c'est cool, mais là, c'est déjà en route, si tu veux… Quoi ?… Une rencontre ? Ah bon ?… Pour le voyage, c'est comme si c'était fait, mais pour la rencontre, zarbi quand même !… En février, c'est peut-être pas le top au niveau du people, mais peut-être que je vais rencontrer un super chien !… Y a qu'eux qui mettent le nez dehors, ah, ah ! Aïe… Non, c'est rien… Deux secondes, j'allume… »

Purée ! Je me suis cogné le genou dans ma table de nuit en jouant les mannequins… Ça fait un mal de chien !

« Bon… Va falloir que j'te laisse, il faut que j'appelle Steph, quand même… Oui, merci… Eclate-toi bien aussi… Ouais… Ouais, je t'appelle en arrivant, c'est clair… Ouais… Bisou-bisouille… Ouais… Bisouille… Ouais, super… Moi aussi… Ouais… Moi aussi… Bisous… Ouais… Allez, Bizzz… Ouais… Moi aussi… Allez… *Ciao* ! »

Bah tiens ! On dirait que Moune l'a senti. La voilà qui s'agite en bas.

« Angel !… Je suis prête ! T'as fini avec Vanessa ?… Allez, on y va, il est 7 h 45 ! »

O.K., O.K., on y va. Moune a eu la bonne idée qu'on aille toutes les deux au McDo ce soir. Faut dire qu'on a peu de chances d'y manger à Noirmoutier. Miette déteste ça et, de toute façon, y en a pas là-bas !

Allez ! Je coupe le portable, y a plus de batterie, il faut que je le mette en charge. Tant pis pour Steph, je l'appellerai demain matin avant de partir. Mince ! Si Moune trouve les sachets vides de Dragibus et de Tagada par terre… Allez, hop ! Poubelle !

Bon ! J'oublie rien ? Alors, salut les posters, à tout à l'heure !

Tiens, si Moune m'attend en bas de l'escalier, je vais lui sauter sur les épaules comme quand j'étais petite… Waouh ! Elle va hurler !

« Aïe !… Mais tu es cinglée, ma puce, tu es en train de me fracasser le dos et tu m'étrangles… Arrête ! Tu n'as plus quatre ans, Angeline !… »

Gagné ! Oui, c'est vrai. J'ai un peu grandi.

Je vais avoir quinze ans.

8

Blaise

Blaise était un homme charmant, calme, patient, prévenant, qui m'avait apporté, à défaut de l'amour passion auquel j'avais toujours aspiré, une forme de sérénité et beaucoup de tendresse.

Qui aurait pu imaginer que mon futur mari me léguerait un jour cette magnifique propriété qui avait abrité du plus beau au plus triste de mes souvenirs d'adolescente ? Celle-là même qu'il m'a fait la merveilleuse surprise d'acquérir, un jour de mai 1968, tandis que je défilais avec tracts et banderoles dans les rues de Paris, aux côtés de mes collègues de la fac.

Sous le prétexte d'éviter à Berty junior, encore petit, les remous ambiants de la capitale, il avait réussi à me convaincre de le laisser emmener mon fils, quelques jours au calme, sur cette île de Noirmoutier dont je lui avais tant parlé et que j'avais entrepris de lui faire découvrir l'année précédente. Il m'avait offert un séjour au château de Pélavé, situé lui aussi dans le Bois de la Chaize, et tout proche de la maison de mon cher amour envolé.

J'avais entrepris de faire partager à Blaise le plaisir du circuit touristique de l'île à vélo et de lui raconter les belles histoires de mon passé qui resurgissaient au détour de chaque endroit où nous nous arrêtions. Il n'en avait pas fallu davantage pour qu'il tombe immédiatement sous le charme de la variété des contours de l'île et de l'architecture typique des différents villages et lieux-dits, aux maisons uniformément blanches et basses, aux tuiles rondes et aux volets bleus. Blaise ne se lassait pas de la douceur de vivre qui émanait de l'air ambiant.

Quand, après avoir consciencieusement accompli ma révolution culturelle, je le rejoignis durant son second séjour avec Berty junior, Blaise m'annonça que nous étions devenus les heureux nouveaux propriétaires de la grande maison des Souzeaux, près de l'Anse rouge.

Je ne t'en ai jamais voulu de m'avoir fait couler tant de larmes ce jour-là, mon cher Blaise. Ces larmes étaient celles d'un bonheur presque retrouvé.

Quelques années plus tard, mon mari eut l'envie soudaine d'opérer quelques transformations pour apporter une touche plus personnelle à la maison de mes souvenirs.

Contrairement à la plupart des constructions bourgeoises du Bois de la Chaize, dont les nombreuses fenêtres sont en majorité protégées par de lourdes persiennes en bois, Blaise avait entrepris d'aménager les deux balcons et la terrasse avec vue imprenable sur la mer, en les cloisonnant par de larges baies vitrées. Une belle et riche idée qui nous a permis ensuite de profiter pleinement, et en toutes saisons, du magnifique paysage qui s'offrait quotidiennement à nos yeux, tout en nous protégeant des vents parfois violents qui, à marée haute, envoient les vagues se fracasser en contrebas sur les rochers.

C'est au retour de son jogging quotidien que Blaise s'effondra, un matin, sur la terrasse, plongeant notre petit clan dans la plus profonde tristesse.

Durant les quatre années qui suivirent, je fus dans l'incapacité totale de revenir sur cette île qui m'avait si brusquement arraché mes deux amours. J'en voulais à la mer, à ses vagues, à ses tempêtes. J'oubliai que, là-bas, pourtant, le vent balaye souvent les nuages aussi rapidement qu'il les a apportés, pour laisser la place à un ciel plus bleu que bleu.

Peut-être, aussi, était-ce la peur du fameux dicton : « Jamais deux sans trois » ?

Seule Moune, devenue ma belle-fille, venait encore profiter à Noirmoutier des rares escales de Bertrand, son pilote de mari et mon fils, éternel pigeon voyageur, pour passer avec lui quelques jours en été et durant les ponts ou les fêtes pascales.

C'est l'annonce de la future naissance du bébé qui m'a décidée à retrouver enfin mon île et à mettre un peu d'ordre dans mes souvenirs.

Merci ma belle Angeline.

9

Allô, Vanessa ? C'est moi, t'es où ?

« Allô… Allô… Oui, c'est moi, t'es où ?… Quoi ?… Je t'entends vachement mal… Ouais, ouais… Non non, on est toujours sur la route… T'as eu Malik ?… Bah non, Steph m'a toujours pas rappelée… Ouais… Et il a laissé le message à Steph ?… Dis-lui merci, c'est cool… Ouais, c'est cool… Attends, je vais te rappeler parce que Miette fume sa clope, et, entre la radio et le vent par la fenêtre ouverte, j'entends que dalle… Ouais… A tout de suite ! »

Bon, d'accord ! Quand je mets Skyrock à fond la caisse on se croirait en discothèque mais Miette, elle, fume. Remarque, elle aère bien pendant qu'elle clope, d'un seul coup on se croirait sur l'Himalaya dans la voiture. Je suggère un arrêt pipi, j'en profiterai pour boire un bon chocolat chaud.

Miette est O.K. parce qu'en plus la jauge est presque à zéro.

« Allô ?… Allô ?… Oui c'est re-moi… Attends, je bouge un peu… On n'a pas beaucoup de réseau ici… Et là, ça va mieux ?… Là oui, c'est top, tu m'entends bien ?… Bon, c'est cool… Mais non, on n'est pas arrivées, là on est sur l'aire de repos… Bah non, elle est pas fatiguée, elle met de l'essence dans l'Audi… Ouais, ouais, ça consomme grave… Allô ? Allô ? T'es là ? Parce que moi, j't'entends plus… »

Mais quand est-ce qu'ils vont faire des téléphones qui marchent bien partout ? Ça me rend vénère grave quand ça coupe d'un coup pendant qu'on parle. Et Miette qui croit bon d'ajouter qu'en même temps, on se disait pas des trucs hyperimportants. Tiens, ça m'énerve encore plus !

« Attends, si tu m'entends, raccroche pas, j'arrive derrière la station, y a moins d'arbres… Ah ! ça y est, j't'entends, là… Si, si, j't'assure, les arbres, ça fait écran… Quoi, j'dis n'importe quoi ?… Bah y a bien une raison, quand même, non ?… Quel satellite ? J'en vois pas, ici !… Mais non, j'déconne ! T'arrives jamais à faire la différence quand je rigole et quand j'te dis des vrais trucs… De toute façon, j'y connais rien en satellites, et y a pas marqué Miss France Télécom sur mon front, alors… Mais non ! Je rigole ! Mais oui, j'déconne, t'es trop nulle des fois… »

Bon, d'accord, je dis ça, mais je le pense pas vraiment !

« Tu fais quoi, là ?… Comment ça, rien ?… Ah bon ?… Mais t'as eu Malik, quand même ?… Bah, t'as de la chance, toi. Moi, j'ai appelé Steph. Impossible de le joindre, il est tout le temps sur répondeur… Quoi ?… Bah carrément que je lui ai laissé un message !… Deux, même !… Bah évidemment que je lui ai dit que je partais… Comment ça, c'est pas très cool ?… Bah j'arrivais pas à l'avoir, alors… Pourquoi ? Tu crois qu'il fait la tronche ?... Ouais... Ouais... Non, mais je vais sûrement finir par le joindre... Mais dis à Malik qu'il dise à Steph qu'il a intérêt à me rappeler, quand même !... Oh, et puis je m'en fous, finalement. Tant pis pour lui s'il s'imagine des trucs zarbi... Non, non, évidemment... Non, t'as raison, c'est vrai, je m'en fous pas vraiment, mais bon, c'est pas top... Ouais, c'est clair... Ouais, c'est clair ! »

Ah, j'suis trop bien pour téléphoner, ici ! Y a des bancs avec des tables en bois dans le coin réservé aux pique-niques, mais là, y a pas un péquin, et je peux siroter mon choco tranquillos pendant que Miette fait le plein.

Ah, zut ! Elle va encore me chercher partout, si ça se trouve. C'est le genre à appeler la police si elle me voit plus pendant cinq minutes. Alors, dix, je te dis pas !

« Bon, Vaness, faut que j'te laisse, on y va, là... Ouais, j'te phone en arrivant... Ouais, promis juré... Ouais... Moi aussi... Bizz... Ouais... Bon, alors à tout'... *Ciao*... »

10

Sur la route

En arrivant sur « notre » île, fin février, on se croirait dans une chanson de Francis Cabrel :

C'est le silence qui se remarque le plus,
Les volets roulants tous descendus,
De l'herbe ancienne
Dans les bacs à fleurs sur les balcons,
On doit être hors saison.

Je m'aventure à fredonner la mélodie qui me revient sur les mots de Cabrel. Du coup, Linette émerge de sa douce somnolence. En plus, on arrive au passage du Gois, célèbre chaussée inondable à marée haute, désertée l'hiver par les pêcheurs de coques ou de palourdes, qui affluent par centaines dès les premiers week-ends de printemps pour y griffer sans relâche le sable détrempé de la marée descendante.

De mémoire d'allers-retours Paris-Noirmoutier, et depuis qu'elle est en âge d'apprécier les paysages, je n'ai pas souvenir que Linette ait une seule fois omis de me faire promettre à l'avance de passer par ce chemin, son arrivée préférée, plutôt que l'autre route, plus longue mais plus directe, qui relie l'île au continent par le pont.

Pour ma part, je préfère l'image que l'on a de l'île vue du pont. Pour cela, il faut d'abord laisser sa voiture au pied de l'édifice. Ensuite, il faut prendre le temps d'y grimper par le couloir réservé aux piétons ou aux cyclistes courageux, et, enfin, faire halte en son point le plus haut.

De là, en surplomb de l'embarcadère de la Fosse, d'où partent tous les bateaux pour l'île d'Yeu, on est fasciné par les étendues désertes qu'offre, hiver comme été, le sable clair des dunes de Fromentine et de Barbâtre qui se défient dans un duel permanent face au vent du large. Il suffit alors de fermer les yeux et de se laisser bercer, en écoutant la douce hésitation du flux et du reflux entre l'île et le continent.

J'aime prendre le temps de m'arrêter là quand je viens seule. C'est ma façon d'annoncer au continent qu'il ne me reverra pas avant un certain temps, et d'apprécier à sa juste mesure l'expression « couper les ponts »...

Mais, aujourd'hui, Linette est là. Ce sera donc l'arrivée obligatoire par le passage du Gois.

Chaque été, comme nous effectuons le trajet Paris-Noirmoutier en voiture, je suis chargée de réveiller Linette qui finit toujours par s'endormir. Je me suis vue contrainte de subir la programmation de ses radios préférées. Et Skyrock ou Fun « à fond la caisse » et non-stop pendant les deux premières heures du trajet, c'est l'horreur pour mes pauvres oreilles, plutôt habituées à écouter de jolies mélodies ou des débats de société.

Mais je ne faillirai pas à la tradition. Comme à chaque fois, je lui signale notre arrivée sur la célèbre chaussée, et, cette fois encore, elle y prendra autant de plaisir en écarquillant ses grands yeux bleus.

Ce qu'elle ignore, c'est que, avant de partir, j'ai quand même pris soin de me renseigner sur les horaires de la basse mer, et fait en sorte que nous arrivions juste à temps pour traverser à la marée à peine descendante, ce qui donne, par endroits, l'illusion de flotter sur l'eau, une sensation qu'elle adore.

Je ne peux m'empêcher de faire la comparaison avec les voyages de ma propre adolescence. Toute la famille s'entassait alors dans la 404 familiale Peugeot blanche flambant neuve pour l'interminable trajet, sans autoroute alors, de Paris vers la Côte d'Azur.

A la radio, je n'avais pas d'autre choix que de subir les émissions favorites de mes parents. Ainsi jouions nous à distance au *Quitte ou Double* avec Zappy Max, pour suivre ensuite les aventures de *La Famille Duraton* ou *Sur le banc* avec Jeanne Sourza et Raymond Souplex, qui allait devenir le célèbre inspecteur Bourrel des *Cinq dernières minutes* à la télé.

Si j'insistais un peu, mes parents m'autorisaient à « changer de poste » à 17 heures. Je passais alors de Radio Luxembourg à Europe n° 1 pour écouter *Salut les copains*, émission qui commençait à faire fureur. Là, enfin, je me régalais avec la musique que j'aimais : Ray Charles, Gilbert Bécaud, Charles Aznavour, Paul Anka, Les Platters, et le très jeune nouveau rocker de dix-sept ans, Johnny Hallyday, qui chantait en hoquetant *Souvenirs souvenirs*.

« De la vraie musique de nègres », commentait ma grand-mère, pourtant pas raciste pour un sou.

Mais une de mes plus grandes joies était que mon père ne manque surtout pas de me réveiller lorsque nous passions, en arrivant sur Lyon, dans le tunnel sous Fourvière. J'adorais l'effet saccadé des éclairages, qui me donnait l'impression d'être dans la rampe de lancement d'une fusée pour un voyage interplanétaire. Après quoi, je me rendormais paisiblement.

Beaucoup moins romantique et insolite que cette route dans l'océan Atlantique, qui apparaît et disparaît au gré des marées.

Nous ne venons que très rarement ici en dehors des vacances d'été. A la mi-juin, j'ouvre habituellement seule la saison et la maison, talonnée de près, dès ses examens de fin d'année terminés, par Linette, accompagnée de son amie Vanessa. « Vaness » est aussi brune qu'Angeline est blonde. Pour le reste, mêmes silhouettes élancées, même langage, mêmes fringues, même maquillage !

Quand je vais les chercher au car qui les a amenées de la gare de Nantes jusqu'au terminus de la Prée aux Ducs de Noirmoutier, j'ai l'impression d'être à Guignol. Elles pointent chacune leur tête au-dessus de leurs grands sacs polochons bigarrés qu'elles ont pris à bras-le-corps pour descendre du car, tout en me cherchant du regard. Un moment irrésistible.

Puis, vers la mi-juillet, c'est au tour de Moune de rejoindre sa « pupuce », suivie d'un ou deux couples d'amis flanqués de leurs chiens ou de leurs enfants.

Et chaque fin de semaine voit se déclencher la grande valse des draps aux couleurs assorties aux chambres qui leur sont allouées ; du vieux rose au vert amande, du bleu mistral au jaune poussin, sans oublier la suite parentale, la mienne, que j'ai souhaitée d'un blanc immaculé du sol au plafond.

La place est libre alors pour un nouveau couple, lui-même suivi d'un autre chien ou d'un autre enfant, dans un chassé-croisé qui ne s'achève en général que vers la fin du mois d'août.

A chaque nouvelle fournée d'invités, j'apprécie avec autant de bonheur la chance qui m'a été donnée de pouvoir offrir aux gens que j'aime un maximum de confort et de douceur de vivre. Jamais je n'oublie la cuisine-salle de toilette de mon enfance, ni le camping sous la tente, le manque de sommeil dans les duvets humides sur des matelas pneumatiques toujours trop ou pas assez gonflés, ni les moustiques qui se régalaient avec ma peau trop fine et blanche, ni la cuisine que maman faisait sur le Butagaz, ni l'eau qu'il fallait aller chercher avec un seau, telle Cosette, au robinet situé à deux cents mètres de là.

Non, jamais je n'oublie.

C'est pourquoi, tout comme les amis qui y séjournent, j'aime chaque jour un peu plus cet endroit.

Vient ensuite la période que je savoure autant que je la redoute. Celle de la grande quiétude après les folies tempétueuses de l'été ; une nouvelle lumière aussi éclaire les feuillages et les dunes, annonçant que l'automne sera, une fois encore, très doux.

On assiste alors aux plus beaux couchers de soleil qui soient, plus orangés et plus rouges, à l'éclosion tardive de nouvelles fleurs sur les grands lauriers, à la nouvelle floraison des bruyères d'automne, à la nature qui bouge de façon différente pour qui sait bien l'observer. Mais, du jour au lendemain, on se retrouve aussi plus seul que jamais dans une maison devenue soudain bien trop grande, bien trop silencieuse et bien trop vide.

Alors arrive le moment où, chaque année, j'entre dans une lutte acharnée avec moi-même ; une partie voudrait tant profiter encore un peu de la beauté des lieux, des espaces désertés, du grand calme, du temps que l'on va enfin voir passer, de ce que certains appelleraient le vrai repos.

Mais surgit alors cette autre partie, enfouie au plus profond de moi, qui fait une pirouette et me suggère que j'aurai tout le temps de me reposer dans la tombe !

C'est bien sûr à ce moment précis que ma mémoire entreprend de faire défiler dans ma tête le film des anciennes saisons, avec les bons et les mauvais moments, plutôt les mauvais, ranimant les visages des êtres tant aimés, puis perdus.

Autant de souvenirs qui font mal.

Et quand Mariette a mal, elle fuit.

Alors, mieux vaut rentrer plus tôt que prévu sur Paris.

Surtout, ne pas se laisser envahir par une vague de nostalgie. Ne pas se laisser entraîner par la lame de fond qui vous emmène vers la dépression.

J'ai toujours fui les dépressions, fussent-elles infimes.

On a beau avoir trouvé l'endroit idéal pour projeter d'y vivre un jour ce que d'aucuns appelleraient « une belle retraite », je ne parviens jamais à me résoudre à jouer trop longtemps les prolongations de mes vacances d'été.

Quel curieux besoin que celui que j'ai de la ville et des bruits de son cœur palpitant.

Surtout, ne plus entendre le mien quand il bat un peu trop fort, au milieu du silence.

11

Vive la campagne

Ah, l'obsession de ouf qu'ont les adultes de vouloir absolument « se retirer un jour » à la campagne, de préférence dans le coin le plus isolé qui soit, en tout cas là où le grand calme est autant de rigueur que les hivers !

Moi, en tout cas, jamais je ne voudrais quitter la ville.

Déjà, surtout, j'aimerais bien y vivre…

La campagne, je connais. Depuis dix ans, on pratique l'écologie, la culture bio, le grand air. Moune adore. Moi, je commence à en avoir un peu ras le bol.

Il manquait plus que Noirmoutier en hiver ! Bah, comme ça, ce sera fait !

Pour Moune, j'ai bien compris qu'elle ne voulait plus rester à Paris après que mon père nous a lâchées. Alors on a carrément changé de décor du jour au lendemain, comme si on repartait de zéro.

Et c'est comme ça qu'on est parties s'installer à quarante bornes de la capitale, grâce aux économies de Moune et aux sous qu'elle avait hérités de ses parents.

C'est vrai qu'on a eu largement le temps de faire le plein de bol d'air et la chance d'avoir une qualité de vie que, paraît-il, beaucoup nous envient... En attendant, je me dis qu'un jour mes amis, les mêmes depuis dix ans, en l'occurrence Vaness, Steph et Malik, faute de grandes écoles dans nos parages, devront partir faire leurs études à Paris et apprendre à devenir autonomes. Ce jour-là, je voudrais pas me retrouver toute seule dans ma cambrousse, à faire du baby-sitting chez les voisins !

Parce que la campagne, même proche de Paris, ça reste quand même la campagne ; avec les gens d'en face ou d'à côté qui sont toujours au courant de tout ce que tu fais et qui te regardent en coin quand tu viens d'acheter une voiture neuve, comme si tu l'avais volée ou que t'avais gagné au Loto en secret.

Pour nous, les ados, c'est souvent au niveau d'une nouvelle paire de chaussures que ça se situe, quand tu débarques un jeudi matin au bahut avec les new Converse que ta grand-mère t'a achetées la veille à Paris. Alors là, t'as l'impression que tes copains voient que ça. Bon, d'accord, les miennes sont toujours de couleur pas trop discrète... Et puis, faut quand même un peu de temps pour les faire. Alors, au début, tu marches bizarre, le temps de t'habituer, et tes copains s'imaginent que tu te la pètes grave ! Je peux quand même pas les mettre pour dormir, histoire qu'elles vieillissent plus vite ! Alors j'ai trouvé un truc : je les passe plein de fois en machine pour les délaver. Comme ça, elles ont l'air moins neuves.

En vacances, c'est pas pareil. Vu que les gens te voient plus rarement, ils te calculent moins. Et même si t'es un habitué du coin, chacun est tellement occupé à s'éclater qu'il se fiche bien de ce que fait son voisin. Ça, c'est plutôt bien, mais c'est que l'été.

Les vacances en hiver, c'est encore une autre paire de manches ! Comme si tout le monde se fichait encore plus de tout le monde… parce qu'y a personne !

Quand j'y pense… ça doit être un peu ça, l'hiver à Noirmoutier !

12

On arrive

Durant l'été, l'avantage du microclimat de l'île nous permet de vivre la plupart du temps dehors. Du coup, on n'a jamais l'impression d'être trop nombreux dans la maison.

Il n'y a qu'à l'heure des repas où notre petit monde se retrouve en effervescence, entre la cuisine de plein air et la grande table de fer forgé qui trône à l'année sous la pergola ombragée que Blaise a fait construire en prolongement de la véranda.

Le déjeuner terminé, la vaisselle lavée et rangée, certains gagneront les transats en teck pour une sieste sous la tonnelle de glycines entrelacées, au fond du jardin qui domine la plage.

Pour d'autres ce sera, à marée basse, la pêche à pied, tous habillés du même uniforme : chapeau mou confectionné dans de la toile de voile d'un vieux gréement, ample tee-shirt délavé sur le jean élimé et trop grand, qu'on a retroussé jusqu'aux genoux, nasse en bandoulière, haveneaux, piques et autres accessoires sur l'épaule.

On les verra partir en deçà des rochers de la plage de l'Anse rouge pour se rendre jusqu'à celle des Souzeaux, puis de la Claire ou du Vieil, riches en bigorneaux et en étrilles.

Linette, trop énervée de ne débusquer que des « bébés crevettes », se contentera finalement de ramasser les plus beaux coquillages sur le sable, qu'elle entreprendra ensuite de peindre et de coller sur un support qu'on accrochera à la fin de l'été au mur de la véranda, à côté de la jolie création de l'année passée.

Les jours de grandes marées, c'est la traditionnelle équipée en bateau en compagnie de quelques habitués du Bois de la Chaize jusqu'au lieudit de La Préoire, à trente minutes au large, avec pique-nique, en attendant que se découvrent complètement les rochers, déjà à fleur d'eau. C'est là que l'on trouve les plus beaux spécimens de bouquets, qui atterrissent le soir même dans la poêle avec l'huile d'olive et l'ail, en attendant qu'on les déguste encore chauds avec une pincée de la fleur de sel locale.

D'autres invités, moins téméraires, optent plutôt pour la longue promenade à travers bois jusqu'à la plage des Dames, avec les chiens, balade suivie de la crêpe-goûter puis du Scrabble quotidien et ce jusqu'à la belle heure du soleil descendant.

En tant qu'ex-prof de français, je fais plutôt partie de la dernière catégorie !

*
* *

Tandis que nous entamons la traversée par le passage du Gois, Linette vient de me ramener à l'instant présent en m'écrasant littéralement la joue droite d'un énorme baiser. Puis, amusée de constater que la voiture a failli faire une embardée, elle ouvre brusquement la fenêtre pour hurler aux vagues de l'océan, comme si elle avait perçu mes dernières pensées :

Pas un troquet, pas une Mobylette,
Pas un pêcheu-eur à-à l'horizon,
Mais qu'est-c'qu'on est bien avec Mamiette,
Ça méritait vraiment une chanson !

Linette me surprendra toujours ! Cette fois, c'est sur un air de *Carmen* qu'elle déclame ses vers « coluchiens » à l'air frais du large.

Il faut dire que, pendant nos vacances et plus particulièrement à Noirmoutier, nous avons pris pour habitude de dédier quelques rimes improvisées, et si possible en les chantant, à ce qui vient de nous procurer un grand plaisir.

L'exercice, devenu presque coutume entre nous depuis sa dixième année, amuse énormément Linette.

J'ai pensé que c'était un moyen original d'exprimer dans l'instant le bonheur que peuvent nous procurer le plus petit comme le plus grand des plaisirs, de rester attentif à ce que nous offrent la vie et la nature, tout en développant notre imaginaire et notre sens créatif d'une manière ludique... Et d'entretenir le mien !

Si nous avions dû noter nos créations respectives sur un cahier, le résultat eût été assez surprenant et varié !

Sur celui de Linette, on aurait pu découvrir pêle-mêle des odes à la baignoire, au démêlant capillaire, à « Britney Spears avant mais plus maintenant », à « Vanessa Paradis et Johnny Depp tout le temps », à la fraise Tagada et aux Dragibus, à Nono le pizzaïolo, à Nico le trop beau, au Magasin des Marques, au toboggan de la piscine à vagues d'Océanile, au croque-monsieur du Café Noir et j'en passe…

Sur le mien, on aurait certainement apprécié mes vers dédiés à la mouette rieuse, au beurre salé, aux tamaris et aux mimosas, au soleil couchant, à la crevette, aux voiliers, à la patate locale, aux mots fléchés et, ô sublime délice parmi les délices, au chocolat noir… Chacune son truc !

D'avance, je me réjouis de cette idée qui m'est venue de partir seule avec Linette. A Noirmoutier, à cette période de l'année, il n'y a que les mimosas et les genêts qui apportent un peu de couleur sur l'île, en illuminant de jaune chaque clôture et chaque buisson au moindre détour des allées.

En arrivant sur la route du Bois de la Chaize, nous sommes saluées par le long cortège de chênes verts et de mimosas centenaires. Leurs lourdes branches fleuries s'entrecroisent en frémissant à notre passage et dansent avec le vent au-dessus de nos têtes.

Au moment où nous effectuons notre traditionnel « tour pour rien » du rond-point de la plage des Dames, une senteur de pin, mêlée à celle du varech, vient nous submerger. Là où, un jour, le chemin s'est arrêté sur un paysage qui semble s'être figé au début du siècle.

Oui, Linette, on arrive !

Je jette un rapide coup d'œil vers l'horizon. La longue et massive jetée de bois noir devenu gris pâle, que les années et les marées ont érodée, est là, superbe et hésitante, entre son étendue de sable fin et ses chapelets de rochers. Juste en face, les cabines alignées sur la plage semblent prêtes à déverser leurs baigneurs et leurs élégantes 1900, en canotiers et maillots rayés, sur la pente douce menant aux premiers ressacs. Elles n'ont pas encore reçu la nouvelle couche de peinture blanche qui, chaque printemps, les rend fraîchement pimpantes et comme neuves pour l'été à venir.

Facile à repérer à l'entrée du bois qui mène à la crique de l'Anse rouge, vers la plage des Souzeaux, la crêperie de La Potinière, avec ses tables désertes, est éclairée. De l'autre côté, à ma grande déception, les volets du restaurant de l'Hôtel de la Plage, qui n'a pas son pareil pour cuisiner les spécialités locales, semblent bien fermés. Tant pis pour moi, mais tant mieux pour Linette, qui va pouvoir dévorer les crêpes tant espérées depuis notre départ de Paris !

J'ai quand même l'intention de nous faire quelquefois la cuisine, et, pourquoi pas, d'initier Linette à quelques rudiments de base.

Pour l'heure, Linette veut descendre. Linette veut voir la mer. Linette n'a pas de réseau. Linette a faim ! Allez, courage, Linette !

On est arrivées.

13

Allô, Vanessa ? Tu m'entends ?

« Vaness ?… Ouais, c'est moi ! Bah oui, je sais, il est 7 h 10, mais je fais ce que je peux !… Attends… Bah non, j't'entends bien, moi… Ah bon ? Et là, tu m'entends mieux ?… J'ai pas beaucoup de réseau ici… Ouais, on est arrivées, et toi ?… Oh, c'est pas vrai !… Whaou, c'est trop cool !… Ah bon, t'as vu Steph ?… Il était tout seul ?… Bah oui, je m'en doute, avec Malik, forcément, mais y avait pas de fille ?… Ah bon ? Moune avait appelé sa mère ? Bah ça va, alors !… Ah bon ?… Et il fait même pas la gueule ?… Ah bon ?… Bon, bah tant mieux, alors… Ouais ?… Et qu'est-c'qu'il a dit ?… Et qu'est-ce que t'as répondu ?… »

Pour avoir plus de réseau, comme si ça changeait quelque chose, j'ai pris l'habitude de tenir mon portable le plus haut possible. Alors Miette, comme d'hab', est en train de se moquer de moi en ouvrant les stores de la maison. Elle dit que je ressemble à la statue de la Liberté avec mon bras en l'air !

Moi, je trouve qu'elle est pas mieux derrière la balustrade du perron, en train de déplier et de secouer ses draps. On dirait Guignol !

« Linette ? Pendant que tu es dehors, si tu peux aller jusqu'à la cabane... Tu décroches nos vélos et tu soulèves la bâche juste au-dessous. Tu me sors quatre ou cinq bûches, s'il te plaît ! Et après, tu viens m'aider à faire nos lits, O.K. ? »

O.K., Miette, on y va, on y va ! Ah, évidemment, il faut que je me mette sous le réverbère pour lui faire signe que j'ai entendu, parce que, là, je suis dans le shwartz total et je discute avec Vaness au téléphone.

« ...Non, non, c'est rien, faut juste que je rentre du bois pour la cheminée... Ouais, ouais... Je fais un peu Cosette, à l'occasion !... Ouais, mais c'est normal que je l'aide quand même, y a pas d'homme dans la maison et je suis plus balèze que ma grand-mère, alors... Et toi, tu fais quoi ?... Ah bon ? Vous allez au cinoche tous ensemble ?... Oh shit ! Et vous allez voir quoi ?... Tu me raconteras, hein ?... Ouais, promis hein ?... Parce qu'ici, en dehors de la télé... Ouais... Bah non ! Le cinoche est fermé l'hiver... Ouais, c'est galère !... Non, non, je m'inquiète pas trop quand même, on se fera des gin-ramis... Bah, évidemment que je joue aux cartes avec ma grand-mère !... Ah bon ?... T'as jamais joué avec la tienne, toi ?... Ah bon ?... Bah non, c'est sympa, et puis on rigole bien en général, parce que je triche un peu, mais elle encore plus, alors !... Bon ! J'vais te laisser... Ouais, ouais, le bois... Allez, à plus... Ouais, j'te rappelle... Promis !... Ouais, ouais... Allez... Bizzz... Ouais... Bizzz... »

14

C'est parti !

En dépliant les draps sur le perron, je me suis surprise à faire le parallèle avec les vacances d'été où, exactement à la même heure, tout le monde est remonté de la plage et installé sur le grand balcon pour prendre l'apéritif, pendant que, en contrebas, à l'ombre de la pinède, les amateurs de pétanque commencent leur partie quotidienne. C'est ce qu'on appelle ici « l'heure douce », celle où le soleil a commencé à décliner, parant les arbres et les fleurs de nuances orangées.

C'est l'heure du plaisir des yeux et du calme retrouvé, et l'on a appris à garder intact le souvenir de ces instants-là.

C'est la première fois qu'Angeline et moi allons nous retrouver seules, en plein hiver, dans la grande maison des Souzeaux, qui avait appartenu aux Grandvilliers, les parents de mon amoureux Bertrand.

Moune n'a pas hésité longtemps avant d'accepter ma proposition d'emmener sa Pupuce une semaine en vacances. Angeline a aussitôt surenchéri avec son *« Yesss... Yessss ! »* qui ne laissait planer aucun doute sur son enthousiasme, d'autant que Moune applaudissait déjà à cette idée. Une expérience hivernale qui requinquerait sa fille, et qui lui permettrait, à elle, de profiter d'un peu de liberté pour sortir avec ses amis et, qui sait, peut-être faire de belles rencontres !

Moune est à l'âge où la vie de mère célibataire commence à lui peser... Celui, aussi, où elle se demande si un homme voudra encore d'elle, si elle peut plaire à nouveau...

Il faut dire que Moune a toujours privilégié l'éducation de Linette et compensé au mieux l'absence du père, dont elle a dû assumer le rôle.

A présent, elle sent se rapprocher le moment où Angeline voudra quitter la maison, et elle redoute de se retrouver seule.

Mais, pour l'heure, elle est surtout très impatiente de savoir comment sa Pupuce va réagir lorsque je l'aurai informée des règles de base que sa mère et moi avons eu l'idée d'instaurer pour la durée du séjour. Elle a juré-craché de ne rien lui dévoiler de notre petit complot.

Le projet, assez vicieux je l'avoue, que nous avons élaboré en commun, s'est construit dans une sorte de surenchère mutuelle entrecoupée de fous rires. Il consistera à vivre ces huit jours dans les conditions les plus proches de celles du temps où je partais en vacances avec mes grands-parents, lorsque je n'avais, moi aussi, que quatorze ou quinze ans.

Avec, malgré tout, plusieurs questions en tête.

Linette sera-t-elle fâchée au sortir de cette expérience ? Qu'en restera-t-il ?

Et si moi-même je supportais mal le fait de me trouver coupée du monde durant une semaine ? Les rapports humains entre grand-mère et petite-fille en sortiront-ils grandis ?

Je commence à redouter le moment où je vais devoir proposer le programme prévu à Angeline.

Avant d'aller dîner ? Trop tôt. Cela risquerait de nous couper l'appétit à toutes les deux.

Après le dîner ? Trop tard. Je n'ai pas vraiment envie de jouer les hypocrites jusque-là.

J'ai donc décidé de couper la poire en deux. Ce sera au fabuleux instant de la dégustation de la crêpe « banane-chocolat » ! Un dessert que nous vénérons depuis que nous y avons goûté pour la première fois, un après-midi d'été, en sortant de notre baignade quotidienne à la plage des Dames…

15

Merci bien, Mémé !

Angel's diary – First day – Saturday 11 pm.

Quelqu'un pourrait me dire pourquoi j'écris tout d'un coup en anglais ?

Aucune idée, vraiment ! Peut-être la peur d'avoir oublié dans une semaine le peu de mots que je maîtrisais dans cette langue avant d'entamer ce séjour qui s'annonce, par contre, inoubliable.

But I hope I will survive !

Est-ce que je survivrai seulement à ce cauchemar concocté, semble-t-il, spécialement pour moi, par deux furies que j'ose à peine nommer et qui, pourtant, restent ma seule famille.

Mais qui pourrait avoir envie de lire ce journal obligatoire de mes huit jours ? Ma grand-mère, ça c'est sûr, parce que ça fait partie des règles que je viens d'accepter.

Et à part elle ? Celle que j'appelais tendrement ma Moune et que j'arrive même plus, à l'heure qu'il est, à considérer comme ma mère ? Vanessa, peut-être ? Ou Steph ? Eux, au moins, n'ont pas été complices de l'infâme complot. Mais en leur faisant lire mon journal, je prends aussi le risque de perdre ma crédibilité… Alors non !

Est-ce que je le ferai parvenir à mon père au Canada, pour le conforter dans l'idée qu'il a eu raison de quitter à temps cette famille de fous ?

Et puis, d'abord, j'ai froid aux pieds ! Miette m'a donné une espèce de sacoche toute molle en caoutchouc bordeaux, fermée par un gros bouchon qu'on visse et remplie aux trois quarts d'eau trop chaude. Il paraît qu'elle appartenait à mon arrière-grand-mère, on appelait ce truc une « bouillotte ». Faut mettre ça au fond du lit, au niveau des pieds, pour le cas où on se les caillerait un peu.

Eh ben, ça caille pas qu'un peu… On gèle !

Alors, si j'ai froid ailleurs qu'aux pieds, moi, je fais comment ? Y aurait pas des superbouillottes adaptées à un grand corps d'ado ? Déjà que j'ai fermé la capuche de mon sweat façon cagoule, gardé mon pantalon de jogging et doublé mes chaussettes de laine ! J'ai même pas osé me démaquiller : des fois que l'air frais pénètre plus facilement par les pores de ma face boutonneuse ; j'ai préféré garder l'écran !

Et puis, zut, j'ai pas sommeil, et encore moins envie d'écrire !

En plus, demain soir, je vais rater Vanessa Paradis chez Fogiel ! Tout ça parce que Super-Mamie a décidé qu'on allait faire un Super-Jeu pendant une Super-Semaine, et que, pour ça, on a retiré toutes les télés de la maison, à commencer par celle de ma chambre !

Oh, la Super-Haine !

Une seule envie, là, tout de suite : rentrer vite dans ma campagne, bien au chaud, et me repasser pour la énième fois le DVD de *Coup de foudre à Notting Hill*, et pleurer un bon coup.

Si au moins je pouvais récupérer mon portable pour raconter ma journée à Vaness.

Mais, dans ce jeu génial, il a été décrété qu'on serait privées aussi de téléphone !

J'enrage après Moune ! D'après ce que Miette m'a dit, elle était parfaitement au courant, elle a même donné son O.K. en soufflant plein de nouvelles idées à Miette !

Tu crois que ma chère mère m'en aurait glissé un p'tit mot ? Genre hypocrite : « Ma douce petite puce d'amour, je vais te confier un secret, mais tu ne racontes surtout pas à Mamiette que je te l'ai dit… » Un peu de complicité, quoi !

Au moins j'aurais pu me préparer psychologiquement.

Au lieu de ça, rien de chez rien ! Je suis déjà à moins vingt au niveau du larmomètre.

Et puis il y a plein de trucs qui craquent dans cette maison, à croire que le bois ne travaille qu'en hiver et de préférence la nuit, pour que ça te colle encore plus la trouille.

Scream 1 ou *Vendredi 13* avant l'assaut, tu vois l'ambiance ? A part que, dans ce genre de film, ils sont souvent nombreux au départ pour qu'il en reste quand même au moins deux à la fin ! Et ils ont tous moins de vingt ans. Là, toute seule avec Mamie Danielle, j'ai aucune chance de m'en sortir.

Bon, c'est pas trop le moment de se projeter tous les films gore, la confiscation du portable, c'est déjà assez l'horreur !

J'ai un peu l'impression d'avoir réussi, à mon insu, un casting pour une émission de télé-réalité. Une espèce de compromis entre *Le Pensionnat de machin-truc, Koh-Lanta* et *Première Compagnie* ! Eh, elles sont planquées où, les caméras ?

A part que, dans notre jeu à nous, la mer est à huit degrés, et y aura pas de télé mais rien que de la réalité, et *nothing* à gagner au bout !

Et sûrement une semaine de grosse galère !

Pour me rassurer, Miette m'a dit que, dans tout ça, j'ai quand même la chance d'être dans une vraie maison.

Il paraît que, à quinze ans, elle commençait ses vacances chez ses grands-parents, dans la banlieue de Paris. Trop cool. Elle passait son temps le nez dans ses bandes dessinées. Elle m'a dit les noms mais j'en connais aucune : *L'Espiègle Lili, Alice détective, La Semaine de Suzette*. Elle avait juste le droit de regarder ses feuilletons à la télé, avant le journal du soir : *Janique aimée, Le Temps des copains, Ivanhoé, Zorro* ou *Thierry la Fronde*. Sinon, elle pouvait rester devant le poste seulement les jours où y avait les émissions de *Trente-six chandelles*, du *Petit Conservatoire de Mireille* ou de *La Piste aux étoiles*.

T'imagines la galère ! Une seule chaîne de télé et un seul poste dans la maison !

Le reste de l'été, elle le passait toujours avec ses grands-parents, mais en camping, sous la tente, à Noirmoutier. Sa grand-mère avait des problèmes aux jambes, et son médecin lui avait conseillé de marcher au bord de la mer, dans les algues, pour faire circuler le sang. Jusqu'au jour où le grand-père a fini par acheter une caravane d'occasion : là, Miette dit que, pour eux, ça a été carrément le top du top luxe !

Bah ! peut-être pour elle, mais moi, ça m'aurait carrément fichu les boules !

Quant aux vacances, plus rares que rares, avec ses parents, sur la Côte d'Azur, elle s'en souvient que de loin. Là-dessus, elle a raté son coup. Je trouve que nous, au fond, on s'en sort pas trop mal. Et même si notre famille est réduite, au moins on reste groupées !

Je vais quand même noter les règles du soi-disant jeu.

D'abord, pour m'en souvenir, des fois qu'Alzheimer touche aussi les jeunes !

Ensuite, peut-être, pour les faire lire un jour à mes petits-enfants, à défaut de mes copains à qui je vais sûrement pas raconter ça en rentrant. Ce serait carrément la honte !

Alors, récapitulons les bonnes idées de Mère-Grand, ça me servira de « journal du jour bonjour » !

« Samedi 23 heures. 1er jour.
Jeu du "C'était bien mieux avant".
Paroles et musique : Moune et Miette !

1) Pas de portable ni de téléphone fixe. En cas d'extrême urgence, en l'occurrence un problème de santé, on ira téléphoner en ville.

Je pense que je vais vite tomber malade….

2) Si la famille a besoin de nous joindre absolument, elle laissera un message au Café Noir.

Tu parles ! On n'a pas le choix, c'est quasiment le seul troquet ouvert en hiver !

3) Pas de télé, ni de radio, ni de presse pendant une semaine. Seulement le droit de glaner des infos avec nos petites oreilles en faisant les courses ou le marché, entre 9 heures et 10 heures.

Heureusement qu'il ouvre pas avant, l'hiver, sans ça c'était 7 heures du mat' à tous les coups !

4) Petit déjeuner à 8 heures. Après, on se met d'accord sur le planning de la journée.

Là, ça risque d'être un peu long parce qu'on va sûrement se prendre le chou…

5) Le soir, chacune dans sa chambre au plus tard à 23 heures.

Evidemment, après on écrit le journal !

6) La journée, pas de maquillage, excepté les crèmes anti-froid.

Y en aurait pas des teintées ?

7) On ne se déplacera qu'à vélo, quel que soit le temps… (je demande d'urgence à voir pédaler Miette, et pourvu qu'il neige, qu'on rigole !) *excepté la balade à pied d'une heure ou le jogging sur la plage et dans les bois avoisinants.*

Chouette, on a le choix !

8) Chacune mettra la table, la débarrassera, fera la cuisine et la vaisselle à tour de rôle… (là, je sens bien Miette dans le premier rôle…). *Les courses seront éventuellement faites ensemble avec un budget à respecter, établi à l'avance* (je vais dealer pour ça, j'adore traîner au marché !). *Pour les recettes, le livre de l'arrière-grand-mère fera l'affaire.*

Que des très vieilles recettes, donc !

9) Chacune ira en alternance, à heures fixes, chercher du bois à mettre à sécher pour entretenir le feu de la cheminée du salon. Celle qui laissera éteindre son feu devra aller ramasser du petit bois dans la forêt pour le feu suivant.

Attends, je m'appelle Angeline, pas Cosette !

10) Chacune devra laver quotidiennement son linge sale dans le grand bac de la buanderie au savon de Marseille et le rincer ensuite à la main avant de l'étendre sur place... (Quand je pense au super lave-linge et au super sèche-linge qui vont même pas servir !) *Le repassage sera effectué tous les deux jours en alternance.*

Là, je crois que Miette a trop vu *Cendrillon* ; de toute façon, je mets que des fringues froissées, c'est plus tendance, alors…

11) A la fin du séjour, chacune devra remettre à l'autre le journal de sa semaine, rédigé au quotidien.

Ça, ça reste à voir !

12) Des jeux de société sont à disposition dans le grand tiroir du bas de l'armoire de l'entrée : échiquier, damier, jacquet, Monopoly, deux jeux de cinquante-deux cartes, un jeu de tarot, un de mikado, une piste de quatre-cent-vingt-et-un avec trois dés, un jeu de Scrabble.

Tiens, on a échappé aux petits chevaux et au jeu de l'oie… Y aurait pas le jeu de la *Star'Ac*, par hasard ?

Ouf ! Voilà pour le journal du soir, bonsoir !

Pour le journal de demain-chagrin, j'aurai qu'à mentionner mes deux ou trois petites règles à moi et raconter la tête que Miette aura faite, ça amusera sûrement beaucoup Moune quand elle me lira.

Ah ! Mamiette ! Chère Mamiette ! Je ne suis pas sûre, à ce moment précis, que je t'inventerais si je t'avais pas ! Je pensais pourtant bien te connaître et je crois que je t'aimais beaucoup… jusqu'à ce soir. Tiens, pour la peine, je vais peut-être t'appeler Mariette… Tu détestes qu'on t'appelle Mariette !

Ou grand-mère !

Ou Mémé ! Oh oui, Mémé, c'est le pire de chez pire !

Ouais, c'est décidé : demain, je t'appelle Mémé !

Salut, Mémé. Moi, c'est Cosette-Cendrillon !

A l'avance, un grand merci pour tout. Comme ça, c'est fait !

Tu veux savoir ? Eh ben, déjà, rien que pour t'embêter : j'ai même plus froid aux pieds ! Parce que j'ai trop sommeil !

Bonne nuit, Mémé !

Moune, alias Cruella, où que tu sois, si tu m'entends, en général je t'aime, mais ce soir je te déteste !

16

Mariette : le temps des cerises

Mariette – 1er jour – Samedi 23 heures.

Tu dois me haïr, en ce moment, ma Linette, à l'autre bout du couloir. Rien de plus normal après la fin de repas que je t'ai fait passer.

Je ne suis pas certaine que tu aies bien digéré ta crêpe banane-chocolat, délicieuse au demeurant, comme à l'accoutumée. Si ça peut te rassurer, je ne suis pas au mieux de ma forme non plus.

J'aurais quand même aimé avoir une caméra cachée pour que, plus tard, tu te piques un bon fou rire en revoyant la tête que tu faisais en découvrant les « règles » de notre séjour ! Quand je t'ai annoncé que, pour commencer, nous allions laisser nos portables au patron de la crêperie, puis que celle-ci ne serait ouverte que demain dimanche, pour refermer ensuite ses portes jusqu'à samedi prochain, jour de notre retour vers la capitale, j'ai cru que le ciel allait s'écrouler sur le restaurant.

Puis tu m'as fait rire, intérieurement bien sûr, quand tu t'es mise à regarder un peu partout, cherchant micros ou caméras probables, peut-être savamment cachés dessous la table ou dans les angles des plafonds, pensant que c'était à tous les coups une mauvaise blague.

Eh bien, non, ma Linette, ça n'en est pas une. Mais avoue que je t'ai laissé le choix de la décision finale. Je me doutais bien que, avec l'orgueil et la curiosité qui te caractérisent, tu allais accepter de relever le défi.

Et c'est ce qui s'est passé après que tu as écouté ma longue énumération. Tu m'as d'abord laissée monologuer sans m'interrompre, tandis que je m'empêtrais en essayant de justifier mes règles du jeu. Je trouvais tellement original d'aborder ce séjour ainsi. Et puis, et là j'ai bien insisté, c'était peut-être une bonne solution pour mieux nous connaître.

Ridicule, cette idée que j'ai lancée de rédiger un journal au quotidien ! Mon stylo n'en peut déjà plus. Ça suffira pour aujourd'hui, et ma crêpe banane-chocolat commence à me peser sur l'estomac.

***

« J'ai le droit d'ajouter des règles, moi aussi, si on me laisse un peu de temps pour réfléchir ?… Genre jusqu'à demain matin ? »

Linette est venue me cueillir en plein dessert sans que je ne la voie venir. Surprenante Linette.

« Bien sûr, Pupuce ! » me suis-je entendu lui répondre, alors que jamais je ne l'appelle ainsi.

Je me demande ce qui va me revenir en boomerang dès le premier petit-déjeuner de notre séjour.

En y réfléchissant bien, il est vrai qu'à deux reprises j'ai vu son œil pétiller.

Une première fois, lorsque j'ai lancé l'idée de n'effectuer nos déplacements qu'à vélo. Linette sait pertinemment que les sports trop physiques ne font pas forcément partie de mes activités favorites. Moi, je serais plutôt pétanque… Puis j'ai vu son regard briller une seconde fois lorsque le serveur nous a apporté l'addition, qu'elle a tenu à régler avec son argent de poche ; sans que j'aie eu le temps de protester, elle a posé délicatement son portable sur le plateau, le tout sans me quitter des yeux, comme pour me défier.

Je ne suis pas certaine d'avoir été à la hauteur quand, avec un large sourire, elle a fait un signe de tête pour m'inviter à l'imiter. C'est donc presque à regret que je me suis exécutée, sous le regard ahuri du serveur qui, manifestement, ne comprenait rien à la situation, les yeux rivés sur les deux téléphones.

Puis, comme pour mieux me narguer, ma chère Linette a pris les devants en sollicitant la compréhension de Patrick, le patron. Je n'en croyais pas mes oreilles quand je l'ai entendue expliquer à ce dernier, à grand renfort de mimiques et de larges gestes, que « nous souhaitons vraiment nous détacher du reste du monde pendant huit jours et la privation momentanée de ces deux symboles de la technologie de pointe aura certainement une influence considérable sur notre bien-être futur et notre mental ».

Rien ! Pas un « c'est top grave », pas de « c'est clair », pas de « carrément ouf ». Rien ! Linette m'a scotchée sur place.

Peut-être aurait-elle plus de chance en envisageant la comédie qu'en s'orientant vers les sciences, me dis-je à moi-même.

J'hésitai entre fou rire et consternation et décidai plutôt de jouer l'indifférence totale.

Alors, sous mes yeux ébahis, elle a demandé à Patrick de poser sa main droite sur nos portables et de jurer par le saint patron de la crêpe banane-chocolat d'en être le gardien et le garant jusqu'à notre départ. Et, à mon grand étonnement, il s'est exécuté !

Un vrai moment de solitude pour moi !

C'est seulement après ce serment surréaliste que nous avons pris tranquillement le chemin du retour, à pied et à travers bois, chacune plongée dans ses pensées. Les cinq cents mètres qui nous séparaient de la maison me parurent interminables dans le lourd silence de la nuit tombée.

Enfin arrivées dans nos murs, j'ai pensé que nous allions finir la soirée en débattant de notre futur séjour d'une façon plus détendue devant le bon feu de braises. Mais Linette, résolument muette, a tout juste daigné me consentir un « je suis fatiguée, bonne nuit », sur un ton qui se voulait neutre, accompagné de deux bises impersonnelles et distantes. Puis elle a remis deux bûches dans la cheminée, avant de rejoindre sa chambre, au premier étage, à l'autre bout du couloir, juste à l'opposé de la mienne.

* * *

Evidemment, je suis sûre que demain matin, au réveil, elle va bouder. Elle ne sera sans doute d'accord en rien sur le contenu du planning de la journée, que nous allons pourtant devoir établir ensemble après le petit déjeuner.

De mon côté, je sens que je vais renâcler quand elle m'annoncera les quelques règles qu'elle aimerait instaurer. Tant pis, j'ai pris le risque.

En attendant, je suis gelée de la tête aux pieds et je n'ai pas le courage de monter dans ma chambre qui doit avoisiner les dix degrés. Je préfère profiter encore un peu du moelleux du canapé et de la douceur du feu, en dégustant quelques bonnes petites cerises à l'eau-de-vie qui vont me réchauffer l'intérieur…

Après tout, je n'ai pas inclus d'interdire l'alcool dans mon règlement. Je n'avais d'ailleurs aucune raison de le faire, vu que Linette ne boit que du Coca light ou de l'Orangina.

***

A quinze ans, je ne buvais que du cidre doux, que les fermiers voisins donnaient à mon grand-père en échange de ses cerises. Et toute la famille buvait sucré en mangeant salé. Le dimanche, j'avais même droit à une « lichette » de vin rouge dans mon verre de cidre, « parce que c'était dimanche » !

Les cerises à l'eau-de-vie, c'est la faute de mes grands-parents qui avaient un verger de ces cerisiers de Montmorency qui donnent un fruit un peu âcre. Personnellement, je n'ai commencé à les apprécier vraiment que vers mes quinze ans, lorsque ma chère mémé a décidé que j'étais parvenue à l'âge où l'on peut découvrir de nouvelles saveurs.

Un dimanche pluvieux de Toussaint, comme elle ne rechignait pas sur tout ce qui pouvait présenter un arrière-goût d'alcool, elle a ouvert un bocal de ces fameuses cerises qui macéraient depuis le mois de juin dans l'eau-de-vie et le sucre.

C'était à l'heure du goûter, pendant que mon grand-père faisait griller les châtaignes que nous avions ramassées le matin même dans la forêt toute proche. Après les avoir légèrement fendues avec son Opinel, qu'il gardait toujours précieusement sur lui, il les faisait sauter au-dessus du feu de braises, dans la grande poêle trouée au long manche en alu, qu'il maintenait fermement des deux mains à l'aide d'un vieux torchon, pour ne pas se brûler. Des moments inscrits parmi les rituels du dimanche, lors des longs week-ends d'hiver que je passais, le plus souvent, chez mes grands-parents. Pendant ce temps, mon père et ma mère profitaient de cet espace de liberté pour aller au cinéma ou faire la fête avec leurs amis. Mais ce jour de novembre, selon le rituel annuel, ils étaient partis faire la tournée des cimetières pour changer les fleurs sur les tombes de la famille.

Parfois, avec le recul, j'avoue être allée jusqu'à souhaiter que mes parents divorcent. Fait plus que rare à cette époque où les couples, en grande majorité, ne « consommaient » qu'après le mariage, lequel devait durer, selon les lois de l'Eglise catholique, toute la vie. Non pas qu'ils ne s'entendaient pas, mais j'avais constaté que certaines de mes amies, dont les parents s'étaient séparés, avaient la chance de profiter, un week-end sur deux mais à plein temps, de la présence de leur père ou de leur mère.

J'aurais tant voulu être à leur place !

Je trouvais tellement injuste, sous le prétexte qu'ils étaient unis pour le meilleur et pour le pire, qu'ils prennent le meilleur pour leurs week-ends à eux et me laissent ce que je considérais comme le pire : passer le samedi ou le dimanche chez « pépé et mémé ».

Résultat, c'est à peine si je croisais mes parents le reste du temps, excepté à l'heure des devoirs, pendant laquelle ma mère me surveillait de près, et celle du dîner où tout dialogue s'avérait impossible pour cause de journal télévisé que mon père souhaitait suivre dans un silence religieux.

Oh oui ! J'aurais vraiment voulu qu'ils divorcent.

Aujourd'hui, lorsque je sens poindre un léger « coup de blues », j'ai le curieux réflexe d'ouvrir un bocal de ces précieuses cerises. Inévitablement, ce geste me ramène à mes propres quinze ans, quand mon père et ma mère me manquaient déjà alors qu'ils étaient encore bien vivants.

A présent, bien qu'un jour j'aie lourdement insisté et que ma grand-mère ait fini par m'en livrer la recette, je sais que jamais plus ces fruits n'auront pour moi le goût des cerises à l'eau-de-vie de bonne-maman…

17

Une belle journée

Waouh ! C'est un séjour un peu folklo qu'on vient de commencer, Miette et moi !

Faut dire que dès ce matin, en regardant le ciel d'un « bleu plus bleu que bleu » et en entendant le bruit des vagues de la marée montante alors que j'ouvrais mes volets, je me suis senti pousser des ailes.

Juste ce réflexe idiot de chercher partout mon portable pour dire bonjour à Moune et appeler Vaness, avant de redescendre sur terre et de me rappeler la première règle du jeu imaginé par Miette.

Oh, je lui en veux pas vraiment. Après tout, ça risque d'être plutôt marrant, ce défi qu'elle m'a lancé : une semaine hors du temps ! Et puis je suis curieuse de voir si, de son côté, elle supportera si bien que ça les règles qu'elle a elle-même fixées ! Et ça, ça m'éclate bien à l'avance !

En tout cas, dès 8 heures pétantes, je l'ai déjà mise d'équerre en lui apportant son petit déj' sur un plateau. D'abord, j'ai frappé doucement à la porte de sa chambre… Rien ! Comme elle a souvent des insomnies, j'ai pensé qu'elle était déjà sur le pied de guerre, en train d'échafauder un nouveau traquenard.

C'est en ranimant les braises dans la cheminée que je l'ai découverte, profondément endormie, sur le canapé qu'elle avait approché du feu.

J'ai fait exprès de faire du bruit en déplaçant, sur la table basse, un bocal vide et une sous-tasse remplie de noyaux de cerises, pour y poser mon plateau. J'ai pris un ton le plus joyeux possible :

« Bien dormi, Miette ? »

A en juger par nos multiples vacances en cohabitation, j'ai pas souvenir que Miette ait jamais eu de réveil désagréable. A peine posé un pied par terre, et la voilà qui gambade déjà en fredonnant. Contrairement à moi qui suis incapable d'articuler une parole avant d'avoir avalé mes céréales !

D'ailleurs, à la maison, avec Moune, c'est la guerre tous les matins quand il y a école. Il va falloir qu'on lui trouve un fiancé au plus tôt, à ma mère, car elle peut pas s'empêcher de parler trop tôt, trop vite et trop fort. Moi, je voudrais avaler mes céréales en silence et, à peine je pointe mon nez dans la cuisine, elle a toujours un truc superimportant à me dire, du genre penser à rapporter du pain, ne pas oublier de me couvrir, on annonce de la pluie, bien ranger ma chambre et mettre mon linge sale dans le panier avant de partir… Rien que des trucs hyperintéressants, quoi ! Je crois que, en fait, elle a surtout besoin de parler à quelqu'un. Et il se trouve que pour l'instant y a qu'un seul quelqu'un, et c'est moi.

Pourtant, c'est bien moi qui gambadais ce matin et Miette qui est restée scotchée ! Elle a fait une de ces têtes quand je l'ai réveillée, j'pouvais pas l'croire ! J'en ai même oublié de l'appeler « Mémé » ! Gardons ça en réserve pour plus tard. On ne sait jamais !

Après le p'tit déj', on s'est installées face à face sur les bancs de la grande table de ferme pour préparer notre planning de la journée.

J'ai un peu pris les devants en lui demandant ce qu'elle voulait manger à midi, en l'informant par la même occasion de mon intention de faire la cuisine. Là, je crois que j'ai marqué un point.

Du coup, mes trois premières petites règles perso sont passées presque comme une lettre à la poste :

1) Pas d'alcool du tout, sous quelque forme que ce soit, chocolats à la liqueur, cerises à l'eau-de-vie...

Oh, la tête de Miette !

2) Un secret à se livrer chaque soir l'une à l'autre avant de s'endormir.

3) Et on ira tous les jours à la piscine !

A chaque énoncé, Miette me lâchait un « Ooh... Kééé ! » façon Jacquouille-la-Fripouille dans *Les Visiteurs*, en écarquillant les yeux comme le gamin qui découvre E.T. pour la première fois dans le film de Spielberg.

Il ne me manquait plus qu'à aborder le principal, et le principal restait cette sacrée cigarette que Miette allume à tout bout de champ.

Les médecins y sont pourtant allés de leurs sermons et de leurs conseils. Rien n'y a fait. Elle a même essayé de nous tenir à l'écart de ses soucis, mais Moune a un sixième sens dès qu'il s'agit de la santé des uns et des autres, et elle m'a demandé, avant notre départ, de veiller à ce que Miette n'abuse pas trop de la nicotine. C'est carrément le monde à l'envers ! C'est la petite qu'on charge de surveiller la grande !

Au moment où mon père a choisi d'aller voir si les étoiles sont les mêmes que les nôtres chez les Québécois, Miette se retrouvait-elle aussi célibataire, son Juan ayant filé sous le soleil espagnol. Ma grand-mère préférée a, du coup, décidé de s'éclater et de ne plus se priver de rien, « quitte à vivre moins longtemps »... Sympa ! Et moi alors ? Et Moune ?

Alors, hier, avant de m'endormir, j'ai bien pesé le pour et le contre.

Le pour, c'est qu'on va prendre des grands bols d'air avec nos balades à pied ou à vélo, et ça peut aider quand on commence à arrêter de fumer.

Le contre, c'est que je risque de m'en prendre plein la tête pour pas un rond, parce que c'est moi qui aurai eu la bonne idée et que, pendant les premiers jours de manque, les plus difficiles à ce qu'il paraît, il va bien falloir qu'elle passe ses nerfs sur quelqu'un. Et vu qu'il n'y a pas foule dans cette baraque, ça risque d'être sur moi...

Tant pis, j'ai décidé quand même de me lancer. De toute façon, je ne peux pas appeler Moune pour lui demander son avis, alors !

« Ah... Miette, au fait... euh... j'oubliais... J'ai pensé que... Et si on arrêtait de fumer, cette semaine ? »

J'ai cru qu'elle allait me faire un infarctus en *live* ! O.K., je me la suis jouée un peu hypocrite avec le « si *on* arrêtait », imaginant que le « on » ferait mieux passer la pilule. Mais c'est vrai que, en même temps, je me suis un peu grillée du côté de la cigarette ! Parce que, a priori, je suis pas censée fumer. Enfin, pas vraiment… Enfin, vraiment pas souvent ! En tout cas, pas depuis longtemps, genre six mois, et c'est juste une fois de temps en temps avec Vaness, Steph et Malik, pour pas avoir l'air trop larguée. De toute façon, ça me plaît pas trop et j'arrive pas à avaler la fumée. Steph dit que je « crapote ».

Oui, je crapote, et alors ? C'est toujours ça de moins que j'avale ! Et vu de loin, on fait pas la différence.

Même si je lui ai jamais dit, je crois que Moune s'en est quand même rendu compte, un dimanche après-midi à la maison, quand elle est passée aux toilettes juste après moi. En ressortant, elle a juste fait cette réflexion aux amis qui étaient dans le salon :

« Si vous devez y aller, attendez un peu, on se croirait à Londres dans un champ de tabac ! »

Et tout le monde a explosé de rire en me regardant, même Mamiette qui a failli en recracher sa gorgée de thé.

Ouais, tout le monde a bien ri, sauf moi.

C'est peut-être en repensant à ce moment que ma chère Mamie, que je viens de mettre K.-O., me consent enfin, après un silence qui ressemble à un siècle, un dernier O.K.

Comme résignée à accepter le « grand défi ».

Yesss ! Yesss !

J'ai pas pu m'empêcher de manifester ma joie, mêlée à la fierté de l'avoir convaincue. Pour fêter ça, j'entraîne Miette dans une ronde à l'indienne autour de la table, façon Kevin Costner dans *Danse avec les loups* !

A partir de là, on n'a plus vraiment vu les minutes passer et on a occupé le temps à fond. Pour ne pas fumer.

Ensemble, on a fait la vaisselle et, toujours ensemble, on s'est collé des méga fous rires en faisant les lits. On n'arrivait jamais à trouver le bon coin du drap pour le secouer. Du coup, on s'est mises à faire les fantômes. Une fois calmées, on a tapé les édredons pour qu'ils soient bien moelleux sur les lits. Edredon… encore un truc que je connaissais pas. Une espèce de couette, à la fois hyper épaisse et légère, qu'on pose au-dessus des couvertures. Un genre de maxi oreiller rempli de plumes. Tout ce que je sais, c'est qu'avec l'édredon et la bouillotte t'es blindé du froid le jour où t'es en panne de chauffage !

Comme l'ambiance était assez cool, j'en ai profité pour suggérer à Miette de n'utiliser qu'une seule salle de bains.

« Comme ça, on se tiendra plus chaud ? » m'a-t-elle questionnée en riant.

J'ai rien trouvé de mieux que de lui renvoyer bêtement un autre éclat de rire, en omettant bien de lui avouer que, si j'avais lancé cette proposition, c'était surtout pour nous éviter du ménage en plus.

Pendant qu'elle chantonnait sous la douche, je lui ai fait les chœurs devant la glace au-dessus du lavabo, serviette éponge en paréo et brosse à dents en guise de micro. J'ai même oublié de compter mes nouveaux boutons, c'est pour dire !

La pause salle de bains expédiée, on est allées enfiler nos joggings dans nos chambres respectives, en hurlant, portes ouvertes, d'un bout à l'autre du couloir, les idées de menus qui nous passaient par la tête. Tout ça pour nous mettre enfin d'accord sur une simple omelette salade en guise de déjeuner. Il paraît que c'est hyperfastoche à cuisiner. C'est en nous rejoignant sur le palier et en descendant les marches comme des danseuses de revue que nous avons opté, en chantant, pour un rosbif purée ce soir.

Après quoi, forte de mes bonnes résolutions de cuisinière, j'ai décidé, par souci de sécurité, de me mettre en quête du livre de cuisine de l'arrière-grand-mère pour établir ma liste de courses, tandis que Miette rejoignait la véranda du jardin pour y gonfler les pneus de nos deux vélos et les dépoussiérer.

Ma liste de courses terminée, j'ai eu la belle surprise de trouver, sur la console de l'entrée, une cartouche contenant neuf paquets de cigarettes blondes, plus un paquet à moitié entamé et six briquets (il faut dire qu'elle les perd tout le temps, du coup elle en rachète, mais après, bien sûr, elle retrouve les autres…). Et Miette sifflotant toujours dans le jardin ! Ça, ça déchire ! Un point pour toi, Miette.

De toute façon, elle chante tout le temps. Elle tient ça de son père, il paraît.

Sous la douche, d'abord ; ça, c'est plutôt banal. Mais fredonner en marchant, en conduisant, en repassant, et même quelquefois en lisant, ce qui, après avoir moi-même tenté l'expérience, m'apparaît comme du domaine de l'impossible. Chez moi, on lit ou on fredonne, mais les deux, non !

Dans le jeu du *Vrai ou faux* qu'elle écoute tous les après-midi sur RTL, Miette serait la reine ! Elle affirmerait : « Je peux faire trois choses en même temps ! » Le candidat, sûr de lui, répondrait : « Faux. » Et il aurait perdu ! C'est qu'il faut la voir, chez elle, un œil sur la petite télé de sa cuisine, en grande discussion au téléphone, le combiné mains libres coincé entre l'oreille et l'épaule gauches, avec, dans la main droite, une cuillère de bois qui lie consciencieusement la muscade et le fromage râpés, qu'elle vient de saupoudrer sur la béchamel. La bonne sauce que j'adore et que j'aurai le droit de verser sur les choux-fleurs et les pommes de terre disposés à l'avance dans le plat, qu'on mettra ensuite à gratiner au four !

Ma façon à moi de participer aux tâches ménagères.

*
* *

Aujourd'hui, c'est une grand-mère pédalant debout « pour faire travailler les fessiers » que je dois affronter et qui me fait cadeau de la sérénade la plus hard du XXIe siècle, m'obligeant à m'arrêter tous les vingt mètres pour me prendre en photo. Merci « Mammarazzi » !

La route qui mène de notre maison au centre-ville étant plutôt déserte à cette période de l'année, Miette s'est aventurée à tester l'écho de la forêt en se lançant dans ce qu'elle appelle une tyrolienne. C'est vrai qu'il y a de quoi rendre jalouse toute la communauté des mouettes de Noirmoutier.

« Trou la la la la iiii… ti ti ou la la… la iti lala iti… la iti lala iti… »

Et comme si ça suffisait pas, l'écho répond, bien sûr. Deux pour le prix d'une !

A croire qu'un vent de folie s'est emparé du Bois de la Chaize ! Alors, pour ne pas être en reste, je n'hésite pas à siffloter comme une bête en appuyant en rythme sur mes pédales.

« Ah ? Tu connais *Le Pont de la rivière Kwaï*, toi ? » s'étonne Miette, coupée net dans son élan lyrique.

Eh, non ! Je connais pas le pont de la rivière qui couaille ! Elle a de ces questions, des fois.

Ici, à part celui qui relie l'île au continent, je vois pas d'autre pont, et encore moins de rivière. Ici, y a que des étiers.

« Mais si, Linette… Ce que tu es en train de siffler… Hum, ça m'étonnait aussi… »

Je n'ai pas voulu la contrarier, mais moi, c'est le générique de la *Première Compagnie* que je siffle, une des nombreuses émissions de télé soi-disant réalité devant lesquelles on s'agglutine le vendredi ou le samedi soir.

Et voilà que Mamiette, apparemment très fière d'elle, me colle des paroles dessus…

« Hello, le soleil brille, brille, brille… Hello, tu reviendras bientôt… Là-bas, dans ton village, au vert bocage plein de chants d'oiseaux… La li la la la lè re. »

Je savais Miette douée pour les impros, mais le « vert bocage plein de chants d'oiseaux », alors là, elle me tue !

En posant nos vélos le long du petit muret du marché, j'apprends que cette « inoubliable page musicale » est en fait la musique d'une des plus grandes fresques du cinéma américain du début des années soixante, et que c'est Annie Cordy qui en a interprété la version française.

Bravo, Miette ! Deuxième point pour tes quinze ans à toi, un peu loin des miens, désolée !

Mes grands-parents maternels ont dû zapper cet épisode du fameux *Pont de la rivière Kwaï* dans l'éducation cinématographique de leur fille, et, par conséquent, dans la mienne. Quant à Annie Cordy, je connais pas trop, à part *Chaud, chaud cacao* que ma mère me hurlait déjà dans les oreilles, au petit-déjeuner, quand j'étais bébé et que je l'éclaboussais de chocolat en faisant le « vroum vroum » d'une voiture avec ma bouche.

Heureusement, cette semaine avec ma grand-mère paternelle devrait me permettre de combler quelques lacunes… Mais pour les films, il va falloir qu'elle me les raconte, vu qu'on n'a pas droit à la télé !

Et toc !

18

Juste une clope

Linette est très fière de ses nouvelles responsabilités de cuisinière. Elle s'est même fait un point d'honneur à m'accompagner jusqu'au Café Noir, un compromis entre le Café de Flore et Les Deux Magots de Saint-Germain-des-Prés, version Vendée.

Après m'avoir convaincue que je serais mieux au chaud que dans les courants d'air du marché, la belle s'en est allée avec sa liste faire les courses, dressée comme un i majuscule sur son VTT jaune, cadeau de ses quatorze ans.

Je la regarde partir face au vent avec ses longs cheveux blonds qui s'échappent du chapeau de toile rose, tout emmitouflée dans son écharpe mauve qui s'envole au-dessus des deux grands cabas de toile bleue virevoltant de chaque côté du guidon. On dirait un personnage de Folon prêt à rejoindre son arc-en-ciel.

Une image d'une beauté incongrue dans la lumière du ciel gris-noir qu'éclaire un soleil hésitant.

Nicolas vient de déposer devant moi un café allongé, bien chaud et bien fumant dans sa grande tasse siglée

CNN. Le moindre objet, couvert, verre, chaise, tout ici est CNN : Café Noir Noirmoutier ! Le côté branché US de l'humour local…

Linette ne le saura jamais, mais je ne suis pas mécontente qu'elle ait insisté pour que je l'attende là. Ce trajet à bicyclette, que j'avais souhaité dynamisant, musical et euphorisant, m'a totalement épuisée, et je pense que l'effort imposé à mes poumons dans l'air iodé n'a pas forcément été bénéfique.

J'imagine la tête du Dr Patrick s'il m'avait vue et entendue iouler tout à l'heure, debout sur les pédales, le vent bien froid dans le nez ! J'entends d'ici sa voix rocailleuse : « Madame Amaury, après ce que nous avons observé ensemble, vous n'êtes vraiment pas raisonnable ! »

Ça, pour observer, nous avions observé ! Radios de mes poumons de dos, de face, de profil, que sais-je ! Et alors, c'est grave docteur ? Comme d'habitude, mon cher médecin avait tourné autour du pot. Comme d'habitude, je n'avais rien compris à ses explications. Et comme d'habitude, celles-ci avaient duré plus d'une heure.

« S'il vous plaît, cher docteur, ça donne quoi, en français et en clair ? »

J'avoue que je commençais à m'énerver. D'autant que je n'avais pas fumé depuis deux bonnes heures.

« La conclusion, madame Amaury ? Eh bien, je ne sais pas si c'est grave, mais c'est bizarre. »

Avec ça, on se sent tout de suite rassurée.

« En effet, madame Amaury, votre cas est assez particulier… Car, de quelque côté qu'on observe, il s'avère à la lecture de vos radios que, au lieu que vos poumons se terminent par deux extrémités en arrondi, l'un des deux apparaît trapézoïdal ! Certainement une pneumopathie mal soignée, qui engendre aujourd'hui une insuffisance respiratoire assez conséquente. D'ailleurs, on remarque distinctement deux cicatrices ici, vous voyez ? »

Personnellement, j'avais beau regarder les fameux clichés en long, en large et en travers, je ne voyais rien du tout.

Une pneumopathie ? Jamais eu de pneumopathie, moi ! Je me souvenais seulement d'une bronchite récalcitrante, l'année passée, qui m'avait fait tousser pendant plus d'un mois, mais comme je suis assez sujette à la bronchite…

« Alors, docteur ? Vous avez la date du décès ? »

Moi qui pense toujours qu'un peu d'humour dans les moments critiques… J'ai fait chou blanc.

Non, non. Mon bon Dr Patrick ne savait pas. Il me garantit même, sur un ton « carrément trop grave », comme dirait Linette, et qui se voulait menaçant, qu'il n'omettrait pas de mentionner la date en question au bas de mon prochain compte rendu médical, ajoutant que celui-ci serait sans doute le dernier si je continuais de faire la sourde oreille et de prendre ainsi les choses à la légère.

Avant de quitter son cabinet, il me fit jurer sur ce que j'avais de plus cher au monde, et cracher, si j'en avais l'envie, d'arrêter de fumer dans le mois à venir.

J'avais donc juré sur la tête de Linette et craché sur le paillasson du Dr Patrick.

A croire que ma petite-fille possède un sixième sens puisque je n'ai soufflé mot de cet entretien à quiconque, ne souhaitant inquiéter personne de mon entourage avec d'hypothétiques soucis de santé.

Deux semaines plus tard, c'est la même Linette qui me contraint à passer à l'acte.

On appelle ça une drôle de coïncidence !

***

Ma première cigarette, je l'ai fumée à onze ans et demi, lors d'une sortie exceptionnelle au Sacré-Cœur avec notre abbé de la paroisse de Montmartre. Pour tous ceux qui étaient là, excepté les responsables du catéchisme et les ecclésiastiques, c'était le grand jour de la communion solennelle. Mais ô blasphème ! L'idée du pari a été lancée par les garçons aux filles et, depuis cette époque, dès que quelqu'un me défie d'un « t'es pas cap' ! », chose de plus en plus rare je l'avoue, il n'est plus jamais question, quand je m'engage, de me rétracter au dernier moment.

Ce jour-là, j'ai donc tenu mon pari de fumer pour la première fois.

Et nous voilà entre premiers communiants, bien à l'abri derrière le Sacré-Cœur, les filles en mini-mariées avec la couronne de fleurs qui retient le long voile et l'aumônière en organdi suspendue à l'avant-bras ; les garçons en costume gris et brassard blanc à longues franges et large nœud, tous en train de tirer bravement sur notre cigarette, essayant d'en avaler la fumée, à grand renfort de toux, entre deux soubresauts et deux hoquets.

Et les filles d'écraser vite fait le mégot du bout de leurs belles sandales blanches à bride, et les garçons du talon de leurs chaussures vernies noires à lacets, en entendant la voix, haut perchée et reconnaissable entre mille, de notre abbé, visiblement à notre recherche depuis un moment.

Lui faisant croire que nous l'avions nous aussi perdu, nous nous sommes précipités à sa rencontre, telles les brebis plaintives du troupeau abandonné qui retrouve enfin son berger.

« Ah, mes enfants ! Mes enfants ! J'ai eu si peur de vous avoir perdus dans cette foule ! Allez, vite, vite… C'est l'heure de la messe ! En rang par deux tout le monde ! »

C'est ainsi que, fiers de nos deux péchés tout neufs de sacrilège et de mensonge, nous allâmes nous aligner bien gentiment pour recevoir la communion et la bénédiction tant attendues…

J'avais hâte d'être au jeudi suivant, jour du catéchisme et de la confession, pour être sanctionnée de deux « Je vous salue Marie », trois « Notre Père » et, peut-être, au pire, trois « actes de contrition », prière que je n'aimais pas trop réciter parce que je n'arrivais jamais à la retenir par cœur.

Je trouvais quand même cette religion bien pratique pour remettre les compteurs à zéro péché !

J'ai fumé ma seconde cigarette quatre ans plus tard, après avoir étrenné avec mes copains de Noirmoutier le Solex d'occasion que m'avait offert la famille pour mes seize ans.

Juste avant la troisième, que j'ai fumée pendant la surboum qui a suivi, au camping.

Après, je n'ai plus jamais arrêté, jusqu'au jour tant attendu de ma majorité fixée à l'époque à vingt et un ans, mais, bien sûr, en cachette de mes parents. C'est ainsi qu'ils m'ont cru possédée du jour au lendemain par cette affreuse drogue que représentait pour eux la nicotine, et ce dans l'incompréhension la plus totale, eux-mêmes n'ayant jamais fumé de leur vie !

J'ai arrêté une première fois dès que j'ai appris que j'étais enceinte, jusqu'au jour où Blaise est venu demander ma main à mon père, avec ses beaux gants blancs, tandis que Baby Berty babillait tranquillement dans son berceau.

Mais j'ai repris après le mariage !

Presque quarante années plus tard, elle me manque sacrément cette cigarette sur laquelle je devrais être en train de tirer bêtement, celle de l'après café, la première de la journée, la meilleure ! Mais j'ai promis à Linette.

Pour pallier mon envie, tout en commandant un autre café, j'essaye de me souvenir du plaisir intense que m'a procuré la dernière que j'ai fumée. Puis, histoire de penser à autre chose, je me plonge dans mon mensuel de mots fléchés d'Alain Bonhomme. On dit que ce sport cérébral entretient la vivacité de l'esprit et, surtout, la mémoire. Après la pneumopathie, la maladie d'Alzheimer serait assez malvenue, celle de ma mère ayant largement suffi à décimer la famille…

Quand je serai rentrée à Paris, par sécurité, j'envisagerai quand même les patchs !

19

Jour de marché

Miette me l'a encore confirmé ce matin :

« Super, une bonne omelette, avec de la muscade, mmm… je me régale à l'avance ! »

Pour une fois que j'ai l'esprit un peu créatif, on se moque carrément de moi. Le fromager, celui qui m'a vendu les œufs et le gruyère, m'a d'abord répondu qu'il en vendait pas. Quand je lui ai demandé où je pouvais en trouver, il a eu un petit sourire en coin et m'a conseillé d'aller voir le charcutier. Et moi, bêtement, je l'ai remercié.

Mort de rire, le charcutier, quand je lui ai demandé de la muscade.

« Ah, mais vous savez, on n'élève pas de muscadiers avec nos cochons, ma p'tite demoiselle ! »

Et alors, qu'est c'qu'elle peut en savoir, la p'tite demoiselle ? On n'a pas de prof de muscade au lycée, que je sache, et ma mère a autre chose à faire que de me raconter l'historique des épices. En plus, si ça se trouve, elle sait même pas où y en a au marché, parce que le vrai marché elle le fait jamais ! Ma mère, elle va que dans les Hyper, les Super, les Inter… là où on trouve de tout en poudre ! Alors, forcément, y a de la muscade en flacon ou en sachet.

Heureusement, un gentil monsieur passait par là avec son labrador noir. Il a compris mon problème et entrepris de me raconter les origines provençales de mon épice ! J'en demandais pas tant, mais je l'ai trouvé superélégant, avec son long manteau assorti à son chien ! Très beaux aussi, ses cheveux bouclés grisonnants qui dépassaient du bonnet de laine noire. Et son regard qui tue quand il a laissé glisser ses lunettes de soleil sur le bout de son nez pour me parler. Un regard d'un bleu, mais d'un bleu ! On aurait dit un acteur de cinéma. Genre Brad Pitt en vieux, avec une très belle voix.

Je me suis dit que, si cet homme-là a un petit-fils, je veux bien qu'il me le présente demain ! Et moi, je présenterai le grand-père à ma grand-mère !

Je raconterai ma belle rencontre à Miette avant de me coucher, ce sera mon « secret du soir bonsoir » !

***

C'est fou ce que tout est cher. Je connais à peu près le prix des fringues, mais je pensais pas que faire juste une omelette avec ce qui va autour, jambon de pays, tomates, bonnottes, plus le fromage et les fruits, cela pouvait revenir plus cher qu'un pull ! Et dire qu'il faut dépenser ça presque midi et soir.

Et il ne s'agit que de la bouffe simple ! Je te dis pas le prix de la bidoche ! Si t'ajoutes le loyer, le forfait téléphone, les transports, les fringues, le maquillage, les crèmes démêlantes, les housses de portable, le cinoche, les CD, les DVD, le sac à dos, le lecteur MP3, le iPod et tout le bazar… eh ben, là, t'es mal !

J'ai essayé de compter vite fait combien je pouvais coûter par mois à ma mère. Enorme !

Quand je pense que je lui ai commandé un scooter pour mes seize ans… En même temps, c'est dans un an et « y a pas le feu au lac » comme dirait la mère de Vaness qui est suisse. N'empêche, je sais pas comment elle va faire, Moune, parce que c'est hypercher, c'est clair ! Heureusement que Miette rajoutera sûrement un petit quelque chose, comme d'hab' !

Mais comment font tous ces gens ?

Il va falloir que j'en parle avec ma grand-mère. Peut-être qu'elle pourra demander à son fils, enfin… mon père, qu'il envoie de préférence ses 200 dollars à ma mère, et plutôt tous les mois que deux fois par an ! Je pense qu'elle en aurait plus besoin que moi, surtout que, depuis qu'elle vit seule, c'est elle qui paye le crédit de notre maison.

Et puis, quand on fait les courses, y a aussi toutes ces bonnes femmes qui te passent devant parce que t'es jeune, donc tu peux attendre !

Alors là, ça m'a gavée top de chez grave !

Surtout une qui a fait semblant de ne pas m'avoir calculée et qui avait, comme par hasard, une question à poser. Du coup, elle s'est plantée pile devant moi. Là, elle a zappé total qu'avant elle était à deux places derrière et a commencé à raconter sa vie au vendeur qui faisait supersemblant de l'écouter pendant qu'elle m'écrasait les pieds avec son Caddie…

En même temps, c'est son boulot, au vendeur.

Moi, je serai jamais vendeuse de légumes. De toute façon, je sais pas vraiment ce que je voudrais faire. Je commence surtout à éliminer tout ce que je voudrais pas.

On a joué à ce jeu-là, une fin d'après-midi, avec Vaness et Steph, parce qu'il m'avait pris l'envie de poser la question et que ça a finalement occupé tout le reste de la soirée :

« Qu'est-ce que vous ne feriez surtout pas, comme métier, plus tard ? »

Déjà ce « plus tard », que tes parents te ressortent à tout bout de champ depuis que t'as pu commencer à t'intéresser et à poser tes premières questions d'enfant. « Tu verras ça plus tard »... « Tu comprendras plus tard », « On en reparle plus tard », « Il faut aller te coucher, il est tard ! »

Après, quand tu grandis, t'as les amis de la famille qui s'y collent en s'adressant de préférence à tes parents, même si t'es juste en face d'eux, des fois que tu serais un peu demeurée pour comprendre et leur répondre directement !

« Qu'est-ce qu'elle veut faire plus tard ? »

Eh bien, figurez-vous, mesdames et messieurs, qu'Elle ne sait pas encore ce qu'Elle veut faire plus tard. Elle a bien le temps de réfléchir. Elle verra plus tard !

Il n'y a que les devoirs qu'on n'a jamais le droit de remettre à plus tard !

N'empêche, lorsque t'as atteint ta taille définitive, tu sens que ce « plus tard » se rapproche sérieusement, et ça te met carrément la pression. Peut-être le fait d'être enfin à la même hauteur que tous ces gens qui travaillent et s'agitent dans tous les sens pour gagner de l'argent, celui qu'ils mettront de côté pour leurs enfants, pour « plus tard » ?

Pour en revenir à ce soir-là, avec Vaness et Steph, je peux te dire qu'on s'en est raconté des bien bonnes et que ça valait quand même le jus !

Vaness, elle, ne veut surtout pas être, je cite dans le désordre :

« "Chauffeure" de bus, dame pipi, ramasseuse de poubelles, marchande de tombes, contractuelle, gardienne de prison, bonne sœur, présidente de la République… » entre autres.

Steph, lui, ne veut pas être, je livre en vrac :

« Poissonnier-ça pue trop, gardien de phare-trop haut, huissier-trop méchant, inspecteur des impôts-trop voleur, fossoyeur-trop de morts, M. Météo-trop menteur, joueur de Loto-trop de perdants, avocat-trop de bla-bla… »

Et moi, du coup, comme il me restait plus grand-chose et qu'on n'arrêtait pas de hurler de rire, j'ai juste ajouté que je voudrais surtout pas faire « vieille » comme métier « plus tard » !

J'espère seulement que Mamiette sera jamais une vieille comme celles que j'ai croisées et qui m'ont sûrement collé des bleus partout avec leurs paniers ou leurs Caddie que je me suis pris dix fois dans les genoux ou sur les pieds. Et tu crois qu'elles se seraient excusées ?

De toute façon, Miette a déjà pas l'air d'une grand-mère, alors !

Mais quand même… pas question de faire « vieille » comme métier… plus tard !

20

Black Coffee

Comme la grande majorité des îliens, j'apprécie de venir m'installer au « Black Coffee », comme l'appellent les « d'jeuns » d'ici. A part que, aujourd'hui, la « d'jeunesse » vendéenne fait figure de grande absente. Ici, les vacances scolaires ne sont pas dans la même zone que celles des Parisiens, au grand désespoir de Linette.

La terrasse extérieure étant naturellement vide à cette saison, le bistrot s'est refait une petite beauté d'hiver à l'intérieur, échangeant les sièges d'été, à la structure design en résine multicolore, contre de confortables et chaleureux fauteuils de bois laqué noir, recouverts de velours rouge assorti aux tentures drapées le long des grandes baies coulissantes qui, aujourd'hui, sont toutes embuées de givre.

Cela permet de préserver les clients du froid, alors que, l'été, le Café Noir se prolonge jusque sur le trottoir devenu terrasse pour mieux se laisser squatter par les vacanciers qui, à l'heure de l'apéritif, affluent de tous les coins de l'île vers le petit port, près du château, en plein centre-ville.

En ce beau dimanche pas comme les autres, l'endroit a pris un air de « Brasserie du Théâtre », ce qui n'est pas pour me déplaire.

J'aime ce théâtre-là, en cette saison, avec ses rares acteurs, résidents de tous bords et de tous âges, ou Noirmoutrins purs et durs qui se revendiquent de la lignée directe des chouans, se lamentant un peu plus chaque année que l'île a bien changé et que c'était vraiment mieux avant.

Au fait, c'était quand, avant ?

Depuis plus de quarante ans que je viens me ressourcer sur cette île, je n'ai jamais eu la sensation que quoi que ce soit ait jamais changé, et encore moins le Café Noir, excepté les propriétaires qui s'y sont succédé sans que le décor s'en trouve pour autant modifié.

Alors c'est encore et toujours là que se réunissent chaque jour, hors saison et quel que soit le temps, commerçants et notables, pêcheurs et couples de retraités, pour le rite immuable de l'apéritif, avant de repartir déjeuner. On évoque les dernières nouvelles du jour. Chacun y va alors de son couplet, assorti, selon son obédience politique, de sa vision assumée de gauche ou de droite, étayant ses convictions à l'aide de l'article qu'il a lu dans son quotidien déjà froissé qu'il brandit comme une preuve que l'on produirait en cour, et qu'il abandonnera en partant, plié en quatre sur la banquette en cuir noir du piano droit, tout près du bar. Un bon prétexte pour repasser par ici vers l'heure sacrée de l'apéro du soir, pendant que « maman prépare la soupe » !

A Noirmoutier, les femmes, telles des abeilles laborieuses en mal de fleurs à butiner dans leur jardin, semblent n'émerger à l'air libre que deux fois par semaine. Ces jours-là, on les voit surgir de partout avec leurs Caddie ou leurs grands paniers d'osier, et converger vers une seule et même direction : la grande place du marché.

Pendant ce temps, sauf aujourd'hui puisque j'y suis, le Café Noir n'est fréquenté que par des hommes. Il y a celui qu'on appelle le Captain Flam, debout au bar, avec son éternelle barbe de deux jours, casquette et caban bleu marine, qui devise tranquillement avec le patron, Georges, qu'on dirait enlisé derrière son comptoir; à côté, il y a ces trois autres, artistes-musiciens, marins-pêcheurs en herbe ou peintres, selon les heures, toujours assis à la même table, qui attaquent gaiement leur troisième tournée en se racontant les derniers potins de l'île.

Il y a aussi ceux comme cet homme en noir, là, avec son chien, que l'on rangerait dans la catégorie « passants du dimanche ». Il vient de régler sa note et marche à présent vers la sortie en me jetant au passage un regard discret. Un bien bel homme, aurait dit ma pauvre maman, de ceux que l'on ne peut s'empêcher de remarquer parce qu'ils ont l'allure des gens de la ville, dont on ne sait rien et qu'on ne reverra sans doute jamais.

Je le regarde s'éloigner en direction du marché.

Les autres attendent patiemment leurs épouses qu'ils débarrasseront de leurs Caddie et autres cabas débordants de produits frais du terroir. Ces femmes qu'on ne reverra plus avant la semaine suivante, parce qu'elles auront à nouveau hiberné dans leur petite bourrine blanche aux volets bleus, bien abritées derrière la haute brande qui, l'été, les protège des regards indiscrets et, l'hiver, du vent devenu plus froid.

J'espère que Linette ne va pas trop tarder.

21

Retour aux sources

En posant ses deux cabas pleins à craquer au pied de la banquette sur laquelle elle vient de s'effondrer, Linette s'est exclamée en reprenant son souffle :

« Eh bien, ma Miette, tu veux que j'te dise ? Je sais peut-être pas encore ce que je ferai plus tard, mais tout ce que je sais, c'est que je ne ferai pas "vieille", ça, je peux te le garantir ! »

Et ma Linette, remontée comme une pendule, de me raconter son marché.

Rassurée sur mon statut de grand-mère « qui n'en a pas l'air », je suggérai alors de prendre le chemin du retour vers la maison pour y préparer notre bon déjeuner d'ermites, avant d'aller soulager nos estomacs par quelques longueurs à la piscine municipale, tel que nous y engageait notre contrat.

De plus, d'après les nouvelles glanées à la sauvette au Café Noir, tandis que je faisais semblant d'être plongée dans mes mots fléchés, il n'y avait pas de quoi s'inquiéter outre mesure sur l'état global du monde.

L'actualité continuait sa triste routine : toujours la guerre en Irak, quatre morts dans un attentat en Palestine malgré la paix, le prix de l'essence a encore augmenté, il a neigé sur Paris, ce qui a entraîné deux cents kilomètres de bouchons ce matin en Ile-de-France, on annonce déjà *Flashback*, le prochain spectacle de Johnny, un avion a encore failli se crasher, le taux de chômage en hausse a entraîné de nouvelles émeutes dans les banlieues, etc.

La Terre semble donc décidée à continuer de mal tourner sans nous !

*
* *

Pendant que Linette prépare son omelette et que je dresse nos deux couverts, nous échangeons nos sentiments sur les événements que nous avons chacune vécus de zéro à quinze ans. Toute une vie assez proche pour Linette, et un quart de la mienne plutôt lointain…

Incroyable, cette importance que l'on peut accorder à l'actualité à certains moments de notre adolescence, et aussi incroyable cette facilité que l'on a de l'effacer dès qu'elle ne nous concerne plus… Au même titre que d'autres événements vont resurgir un jour d'on ne sait où pour trouver une place définitive au milieu de nos souvenirs.

Question de période ? De génération ? De mode ? D'environnement ? De surmédiatisation ? De sensibilité personnelle ? De recul ?

Que reste-t-il dans le magasin aux souvenirs de mes quinze premières années ?

C'est Linette qui réveille ma mémoire en me posant soudain une avalanche de questions et en évoquant, en vrac, quelques images chocs de sa brève existence.

La première fois que j'ai fait la cuisine ? Juste avant d'épouser Blaise.

Ce que je détestais manger quand j'étais petite ? Les épinards.

Combien de fois j'ai dit « je t'aime » à mon fils avant qu'il parte au Canada ? Pas assez.

Quel président de la République m'a le plus impressionnée ? De Gaulle.

Quel film m'a le plus marquée ? *West Side Story*.

Linette est déchaînée et nous voilà entre une omelette, deux longueurs de piscine, trois kilomètres à vélo et quatre bûches dans la cheminée, à jouer au ping-pong avec les souvenirs de nos quinze premières années.

C'est sans avoir vu tourner les aiguilles de la pendule que j'ai senti le sommeil commencer à me gagner. Il faut dire que le bon rosbif et, surtout, la copieuse purée de Linette m'avaient achevée !

Chacune était bien calée dans un angle du grand canapé rouge, Linette serrant sur son ventre un des grands coussins de velours, et moi, la frileuse des pieds, les jambes emmitouflées dans le plaid écossais en laine mohair.

Sur la table basse, tout près d'Angeline, il y a un cendrier et le mégot qu'elle y a écrasé. Oui, j'ai eu cette faiblesse de la laisser fumer… Près de moi, un fond d'alcool teinté de rose dans un bocal. Mais plus de cerises…

C'est une des plus belles journées que j'ai passées depuis longtemps.

Je me sens étrangement bien.

Comme quelqu'un qui vient de rencontrer une nouvelle amie, à qui elle a une soudaine envie de se confier.

22

Vaness et Vanessa

J'ai raconté à Miette que, depuis la rentrée, Vanessa et moi on sort avec deux garçons, Stéphane et Malik, qui sont, eux aussi, hyper-copains et dans la même classe, mais en première. Du coup, le week-end, on se balade tous les quatre ensemble et ça, c'est trop génial !

Notre amitié, avec Vaness, c'est un peu comme dans la chanson de l'autre, plus connue, Vanessa Paradis. Elle l'a chantée pendant un Festival de Cannes, en hommage à une grande comédienne, paraît-il, qui était ce jour-là « maîtresse de cérémonie » ou présidente, un truc du style… Je sais même plus son nom. Je me souviens seulement qu'elle a joué dans *Nikita*, le film de Luc Besson, parce que, cet hiver, ma mère m'a laissée le regarder en DVD, pendant qu'elle suivait la série des *Rois maudits* avec la même comédienne. Une grande actrice peut-être, mais un peu vieille quand même !

J'ai vu la rediff de la séquence de Cannes dans une émission de TF1 sur les plus belles chansons du cinéma. Du coup, ça m'a fait penser à Mamiette et moi. Quand je lui ai dit, elle s'est un peu vexée. Elle m'a répondu que, entre Jeanne Moreau et elle, il y avait une génération d'écart ! Je crois que, ce jour-là, j'ai fait une belle boulette ! N'empêche que c'était hyper trop émouvant. Je chantais en même temps qu'elles :

On s'est connues, on s'est reconnues...
On s'est perdues de vue, on s'est r'perdues de vue...
On s'est retrouvées, on s'est réchauffées...
Puis on s'est séparées.

Trop belle la chanson. Remarque, Vanessa Paradis aussi.

Faut dire que je n'ai pas vraiment de star préférée, côté féminin. Y en a que j'aime bien, mais sans plus, comme Jennifer Aniston ou Jennifer Lopez, et aussi Angelina Jolie, mais c'est peut-être seulement parce que mon copain Stéphane m'appelle comme ça de temps en temps ! Chez les garçons, j'aime bien Leonardo DiCaprio, Orlando Bloom, Colin Farell, Brad Pitt et, bien sûr, Johnny Depp… Faut dire qu'on a plus de choix chez les mecs que chez les filles… Enfin, c'est mon avis !

Mais Vanessa Paradis, pour moi, ça reste quand même le top de chez top !

Ma grand-mère a parié que, le jour où je ne me mettrai plus rien sur la peau et que je laisserai naturellement tomber mes cheveux longs bouclés sur mes épaules, j'aurai la même classe qu'elle. On peut toujours s'amuser à parier, mais c'est pas gagné !

Elle est un peu relou, Miette, quand même ! Pour que je mette plus rien sur la peau, faudrait que j'aie plus du tout de boutons, et pour qu'on voie plus mes boutons, je suis obligée de les planquer sous un max de fond de teint, et le fond de teint, on dit que c'est mauvais pour la peau ! On n'en sort pas… Trop chelou, l'histoire !

Moune m'a affirmé que tout ça s'arrangera automatiquement dès que j'aurai eu une liaison sérieuse avec un garçon. Et pourquoi, s'il vous plaît ? Et c'est quoi, une liaison sérieuse ? Moi, je veux bien la croire, vu qu'elle a l'air de savoir de quoi elle parle, mais c'est quand même pas la joie, tout ça.

En attendant, Vanessa Paradis, elle a rencontré Johnny Depp ! Moi, mon Johnny, il est sûrement quelque part, mais sûr que c'est là où je suis pas encore passée !

Remarque, je sors bien avec Steph qui est hypersympa. On se kiffe bien, tous les deux, et il me fait rire grave, mais c'est pas tout ! Il a seize ans et ça, c'est plutôt super, mais il mesure aussi dix centimètres de moins que moi ! Et ça… bah ça craint un peu ! Vachement pratique pour se rouler des patins debout, ou quand il décide de me prendre par les épaules en sortant du McDo et qu'on va se promener dans le centre commercial de Vélizy 2, le samedi après-midi. Comme il y arrive pas et que je me dis que ça doit faire trop moche, vu de dos, c'est moi qui mets mon bras sur ses épaules à lui. Du coup, c'est lui qui me tient par la taille. Mais je me sens un peu nulle, quand même. L'impression de faire le garçon… Dur, dur !

Le seul moment où je me sens vraiment à l'aise avec Steph, c'est quand je monte derrière lui sur son scooter. La selle est plus basse à l'arrière qu'à l'avant. Ça me permet de me coller à lui et de poser mon menton sur son épaule, casque contre casque, en enroulant bien sa taille de mes bras que, pour une fois, je trouve pas trop longs…

Il est quand même hypercool, Steph, et on s'entend bien, c'est clair, mais bon… On verra…

Miette essaie de me rassurer : son fiancé espagnol était plus petit qu'elle… J'suis d'accord, c'est pas très grave, mais, en attendant, je crois qu'il est pas resté très longtemps celui-là… Enfin, j'étais petite, en fait je m'en souviens plus trop…

Il s'appelait comment, déjà, Miette ?… Ah, oui ! Don Juan, c'est ça ?

23

Don Juan

Linette est insatiable et nous n'avons pas vu passer les deux dernières journées tant nous avions de choses à nous dire. Comme elle m'a raconté son Stéphane, je ne veux pas être en reste ! Alors, j'entreprends de lui raconter mon Juan…

C'est pendant l'été 1989 que j'ai craqué pour les beaux yeux noirs d'un hidalgo de trente-cinq ans. J'abordais alors avec une certaine sérénité ma quarante-quatrième année, après avoir dû me résoudre à faire progressivement mon deuil de l'amour et du sexe. Juan était occasionnellement serveur à La Potinière, la crêperie de la plage des Dames.

Aussi indifférent au surnom que les îliens purs et durs lui avaient attribué qu'aux potins qui ne manquaient pas d'aller bon train à notre passage, « Don Juan » allait alors passer avec une aisance déconcertante de la chambre minuscule qu'il colouait avec un compatriote, au-dessus de la boulangerie de la rue piétonne du centre-ville, à la suite parentale avec vue imprenable sur la mer et la plage des Souzeaux.

Hormis le bénéfique réveil de mes sens que je pensais endormis à jamais, Juan a aussi apporté une large contribution au maintien en l'état de notre grande maison en décidant d'y résider à l'année plutôt que de nous suivre à Paris. Il détestait les embouteillages et la pollution qui le rendaient en permanence stressé et dépressif.

Durant ses courts séjours près de nous dans la capitale, n'ayant qu'un emploi de saisonnier, il demeurait cloîtré à la maison, figé devant la télévision, à visionner tous les films en vidéo qui s'accumulaient sur les étagères. Il s'ennuyait. Aussi avons-nous décidé, d'un commun accord, de vivre chacun la vie qui nous conviendrait le mieux, quitte à rester à distance une bonne partie de l'année scolaire.

Et Juan est reparti sur notre île.

Il faut reconnaître que, pendant ces longues périodes d'absence et d'abstinence, il eut l'art de débusquer les artisans locaux auxquels il s'associait volontiers pendant le grand calme de la période hors saison. Il entreprit avec eux la rénovation des boiseries, des clôtures, assurant l'entretien et l'aménagement floral du jardin, jusqu'au ravalement des façades.

Chacun y trouvait son compte. Ainsi, durant les vacances scolaires, je retrouvais mon amant occasionnel en même temps qu'une maison de plus en plus pimpante. Ce n'était pas pour me déplaire.

La plupart du temps, Moune m'y accompagnait avec notre babillante Angeline pour qui nous avions entièrement réaménagé la grande chambre rose, tandis que Berty junior passait peut-être au-dessus de nos têtes aux commandes de son 747, en direction de Montréal ou de Vancouver.

J'ai alors décidé de ne conjuguer « *Te quiero* » qu'au temps présent et de profiter pleinement de ces séjours, avec toujours au fond de moi cette petite voix qui me disait que tout pourrait s'arrêter demain et que la vie, c'était d'abord profiter au maximum du quotidien.

Cinq années de douceur de vivre.

L'avenir me donna mille fois raison. Quelques jours après la fête que j'avais organisée pour les quarante ans de Juan, celui-ci m'annonça du bout des lèvres que, pour étrenner le cadeau que j'avais eu la faiblesse de lui offrir, une rutilante Harley Davidson noire, il allait rendre enfin la visite de courtoisie qu'il devait à sa famille restée en Espagne, qu'il n'avait pas revue depuis cinq ans.

J'aurais peut-être dû me méfier : à aucun moment, il ne manifesta l'intention de m'emmener avec lui pour me présenter aux siens. Je mettais cette omission sur le compte du tact et de sa connaissance de ma peur viscérale pour les deux roues à moteur, sans parler de mon ignorance parfaite en matière de langue hispanique.

Deux jours après son départ, prise d'un grand élan de romantisme aigu et histoire de retrouver un peu de lui dans le décor de son travail quotidien, j'apprenais, en dégustant une crêpe à La Potinière où Moune et Angeline m'avaient accompagnée, que la collègue de Juan, serveuse elle aussi, était partie le même jour que lui, avec armes et bagages, sans demander son dû. Sacrée coïncidence !

Pour apaiser ma déception et mon désarroi, Moune jugea le moment venu d'éclairer ma lanterne : j'appris ainsi que, durant mes nombreuses absences et à plusieurs reprises, saint Don Juan lui avait fait des avances ne laissant aucun doute sur ses intentions. Avances que, bien sûr, elle avait toujours repoussées.

A mon étonnement, cela ne me fit ni chaud, ni froid.

Je rassurai Moune. J'avais su profiter de Juan comme il avait su le faire de moi. Dans la foulée, je commandai une bouteille de champagne pour fêter dignement l'événement, sous le regard ébahi de ma belle-fille et le sourire béat de la petite Linette, encore tout barbouillé du chocolat de sa crêpe préférée.

C'est à grand renfort de fous rires que nous étions rentrées à la maison, à travers bois, en sautillant et chantant à tue-tête :

Prom'nons nous dans les bois
Tant que Don Juan n'y est pas
Si Don Juan y était
On le mangerait...

Jamais deux sans trois ? Nous tenions enfin notre troisième !

Mais six mois plus tard, c'était le tour de mon fils chéri de vérifier le dicton : abandonnant les trois femmes de sa vie – Moune, Linette et moi –, il s'envola vers le pays des caribous et des hôtesses de l'air québécoises, avec la promesse solennelle qu'il nous donnerait très vite des nouvelles.

Comme une impression de déjà vécu !

On dit que ce sont plutôt les femmes qui trouvent le courage de partir quand rien ne va plus... Pourquoi ne nous a-t-on pas légué un sixième sens pour pressentir ce genre de danger dans notre famille ?

Ce jour-là, c'est Moune qui a commandé les deux bouteilles de champagne que nous avons consommées dans la foulée. La première entre deux larmes, la seconde entre deux fous rires.

Ce sont sans doute toutes ces raisons qui m'ont fait prendre la décision d'emmener Linette à Noirmoutier. En plein hiver. Quel bonheur de prendre enfin le temps de lui raconter, dans les moindres détails, ces tristes et néanmoins belles histoires dont elle n'a gardé que des souvenirs en pointillés. C'est ici, à Noirmoutier, que, une à une, elle replace les pièces manquantes du puzzle de ses quinze premières années.

24

Confidences pour confidences

Ma Miette, tu m'étonneras toujours ! Je sais pas où je passerai mes prochaines vacances d'hiver, mais je sais que celles-là resteront toujours gravées dans ma mémoire.

Pendant que je cogitais sur tout ce que je venais d'entendre, Miette est venue poser sa tête sur le gros coussin rouge que je tenais entre mes bras et a fini par s'endormir sur mes genoux, tandis que je lui caressais machinalement les cheveux. Comme une grand-mère l'aurait fait pour sa petite-fille. Le monde à l'envers !

Comment raconter un moment comme ça à Moune, Vaness ou Steph, quand on sera rentrées ? Même une photo, ça donnerait rien !

Et puis, de toute façon, y a personne pour la prendre, alors... !

J'ai jamais parlé avec quelqu'un comme je l'ai fait avec Miette aujourd'hui et durant toute cette belle fin de soirée. Même avec mes meilleurs copains, on s'est jamais dit autant de trucs, c'était carrément génial !

C'est comme ça que j'ai appris que Miette avait fait l'amour pour la première fois à dix-sept ans, avec mon grand-père, deux ans après l'avoir rencontré. Purée ! quelle patience de ouf ! Pas sûr que je tiendrai encore deux ans, moi !

Ça s'est passé sur la plage, juste à côté de notre maison. A l'époque, elle appartenait aux parents de Papy Bertrand. Elle dit qu'il était beau comme Robert Redford dans *Butch Cassidy et le Kid*, grand, blond, les yeux d'un bleu… mais d'un bleu, comme ceux de Paul Newman !

Et voilà Miette qui me raconte des histoires de peau douce et la façon qu'il avait de la caresser doucement, et elle de lui dire « je t'aime » pendant qu'il lui expliquait les étoiles… Et Miette continue de rêver tout éveillée…

Moi qui m'inquiétais parce que Vaness, qui a quinze ans, a déjà fait l'amour, et pas moi !

De toute façon, je me sens pas encore prête pour ça et je suis pas pressée. Et puis l'histoire des préservatifs et tout ça, ça bloque un peu quand même, mais bon…

Pour le moment, je suis déjà très contente quand on se promène main dans la main avec Steph, dans la galerie commerciale. J'aime aussi quand, au cinéma, je me rapetisse un peu dans mon siège pour qu'il puisse glisser plus facilement son bras autour de mes épaules. J'adore les mots gentils qu'il me dit en chuchotant quelquefois dans l'oreille, mais surtout les câlins, les bisous, même ceux avec la langue. Je les trouvais un peu gluants, au début, mais maintenant j'aime assez !

Miette dit que c'est les meilleurs moments ! Mais je ne suis pas sûre encore d'avoir rencontré le garçon avec lequel je ferai « ça » pour la première fois. Surtout que c'est rarement celui-là qu'on épouse, si j'en crois ce que m'a assuré Miette. Je trouve d'ailleurs ça assez glauque. En même temps, c'est quand même l'angoisse !

C'est vrai, quoi ! J'aime beaucoup Steph, même si je suis pas forcément jalouse des filles qu'il peut rencontrer quand on se sépare pour les vacances. Vaness dit que c'est signe que c'est pas encore le bon. Alors je lui fais confiance, parce qu'elle sait tout ça mieux que moi, vu qu'elle a déjà fait la suite.

Mais quand Miette me raconte ses amours, j'ai quand même un peu de mal à l'imaginer en train de faire « ça » sur la plage avec Robert Redford, même jeune !

Avec son petit double menton qu'on voit mieux quand elle s'endort, parce que, du coup, elle a oublié de garder la tête droite. Et sa peau rosée qui se plisse un peu plus chaque année. Moi, je m'en tape total parce que j'aime les rides de Miette. C'est des rides qui sourient.

Quand on se retrouve ensemble dans la salle de bains, des fois elle s'amuse à se triturer le visage dans tous les sens devant la glace en disant que, bientôt, il va falloir attaquer le lifting. Puis elle fait la moue en gonflant ses lèvres pour voir quelle bouche elle aurait si elle se faisait injecter du collagène. Et là, on commence à faire les langues de vipère en énumérant les actrices qui y sont passées et qui se retrouvent toutes avec la même bouche de Donald !

Chaque fois, ça se termine de la même façon. Quand elle relâche enfin son visage, qu'elle tenait tendu à fond avec ses mains plaquées sur les oreilles, elle me lance :

« Oh, là, là… ! Et puis je m'en fiche. De toute façon, il y aurait tout à refaire, c'est trop tard, on laisse tout tomber ! N'est-ce pas, ma Linette ? »

Et chaque fois, j'explose de rire.

J'essaie d'imaginer son premier amoureux… Il doit être dans un état, aujourd'hui ! Sûrement gras, chauve et bedonnant, avec une femme qui lui hurle dessus, comme celles que j'ai croisées au marché.

C'est pas comme l'homme au labrador. Lui, il a dû être très beau.

25

Une île et des bisous

Après un gros câlin accompagné d'un « je t'aime fort, Miette », Linette a décidé de monter se coucher. J'ai choisi de rester un peu devant le feu qui crépite. Je me sens si bien ce soir.

J'ai tellement manqué de câlins pendant la période difficile de la postenfance à la préadolescence, que celui que Linette vient de me faire m'a profondément émue. Parce que, chez moi, à son âge, c'était plutôt pas.

Mes parents, trop affairés à leurs occupations respectives, comptaient sur mon grand-père et ma grand-mère pour compenser le manque de tendresse qu'ils n'avaient pas jugé bon de me prodiguer, m'ayant eue, comme je les ai souvent entendus dire devant moi, par accident, puisqu'au départ ils ne souhaitaient pas d'enfants.

Au réveil, il n'était déjà pas question de perdre cinq secondes de son précieux temps à se lécher la pomme puisque tout le monde était d'humeur plutôt ronchon.

Comme il n'y avait pas de salle de bains, il fallait une organisation d'enfer pour réussir à prendre son petit-déjeuner dans la cuisine, là où chacun devait se laver ensuite devant l'évier avec son gant de toilette respectif. Malgré cela, jamais je n'ai vu mes parents nus. Il me fallait, puisque j'en avais reçu la consigne, patienter dans ma chambre jusqu'à ce que mon père et ma mère estiment être enfin décents pour que je sois autorisée à montrer le bout de mon nez.

Alors, en attendant, je me plongeais dans le livre rose des aventures du Club des Cinq que m'avait offert ma marraine Mado pour Noël, en écoutant pour la énième fois *Johnny Boy* sur mon tourne-disques par celle qu'on surnommait « la collégienne de la chanson », Marie-Josée Neuville.

Pendant le petit-déjeuner, personne ne parlait, à l'exception de Maurice Favières, le « speaker » de la TSF, qui déversait sur Radio Luxembourg les nouvelles du jour et les prévisions météo de la matinée.

Le dimanche matin, j'apportais à mes parents leur petit-déjeuner au lit. C'était le seul jour où, pour me remercier, mes parents me concédaient un baiser. Le reste de la semaine, personne n'aurait eu l'idée incongrue d'embrasser qui que ce fût, même pour dire bonjour. Impensable ! Et, de toute façon, pas le temps !

En 1960, mon père était guichetier au bureau de poste ; ma mère, femme au foyer, faisait des extra pour aider à la cantine du collège, quatre jours par semaine. Aussi, faute de moyens, y avait-il peu de disques à la maison, excepté les vieux 78 tours, un peu rayés, chers à mes grands-parents, de Tino Rossi, Luis Mariano, André Claveau et Georges Guétary. Quant aux super 45 tours, on les comptait sur les doigts des deux mains.

Alors, pour écouter mes chansons préférées, il n'y avait que le juke-box du café de la gare autour duquel je retrouvais ma bande de copains, pendant que ma mère s'occupait du ravitaillement au Prisunic d'à côté, le samedi après-midi. Là, on écoutait à fond la musique qu'on aimait sans que cela semble déranger les autres clients. L'éventail de nos goûts en matière de chansons était large. De *Petite Fleur* par Sidney Bechet à *Bleu blanc blond* par Marcel Amont, en passant par *Le Marchand de bonheur* des Compagnons de la Chanson et *Les Enfants du Pirée* de Mélina Mercouri. Il y avait peu de chansons étrangères encore, excepté Elvis Presley et son *Jailhouse rock* ou *Only you* par les Platters.

Il nous a fallu attendre 1963 pour profiter des images en couleurs du Scopitone, le karaoké avant l'heure, qui avait trouvé sa place près du flipper. Nous nous trémoussions sur les paroles désuètes de la nouvelle vague déferlante des yé-yé dont la spécificité était de proposer la version française des tubes d'outre-Atlantique ; Sylvie Vartan dans *Si je chante*, Claude François avec *Si j'avais un marteau*, Richard Anthony qui « entendait siffler le train », et bien d'autres dont Johnny Hallyday, devenu « l'idole des jeunes », qui caracolait déjà en tête du hit-parade de *Salut les copains* avec son *Excuse-moi partenaire*.

Paradoxalement, on pouvait aussi noter dans les hits la présence de grands créateurs plus traditionnels comme Gilbert Bécaud, Charles Aznavour ou Jacques Brel, de chanteuses dites « à accent » comme Dalida ou Gloria Lasso, ou d'exceptionnelles interprètes comme Edith Piaf.

Puis débarqua le raz de marée des Beatles, qui devaient révolutionner le monde musical en même temps que celui de la mode vestimentaire… Mais ça, c'est une autre histoire.

J'entrais alors dans la douce période des premiers émois et de ces amourettes adolescentes qui compensaient un peu le manque de tendresse familiale. Des moments rares, et bien platoniques au début… Mais quelle agréable découverte, quelques années plus tard, que celle de ma peau contre une autre peau, surtout quand ce fut celle de Bertrand !

Avec mon fils, côté tendresse, ce fut plutôt la période de transition entre pas de bisous du tout mais un peu quand même, une sorte d'apprentissage du difficile métier de maman-douceur, une maman qui se devait d'être un peu papa aussi…

Puis, grâce à Angeline, nous sommes enfin passés de la nuit au grand jour et je pense pouvoir prétendre bientôt au titre des Mamies diplômées *ès* câlins !

Mais Angeline a aussi ses douces folies : elle adore, par exemple, se promener nue dans la maison sans aucune pudeur ni retenue. Il m'a fallu du temps pour m'y habituer et la convaincre qu'il serait gênant pour elle, en tenue d'Eve, de tomber nez à nez avec le facteur.

Autre exemple : ma petite-fille est une folle du bisou. Un vrai pot de colle ! Cela peut la prendre à tout moment, pour rien. Je n'inclurai pas les quatre bisous traditionnels du bonjour ou des au revoir qu'elle a instaurés dès son plus jeune âge. Elle aurait d'ailleurs aimé que nous augmentions la dose, mais nous avons estimé que quatre suffisaient amplement pour commencer ou terminer une journée.

Pour les autres, c'est de gré à gré, selon l'urgence. Cela varie, une bise quand on est très pressé ou pour se dire qu'on s'aime fort, deux pour les gens de l'extérieur, ou trois quand on est contents de se retrouver.

Il en est de même pour les « gratte-bedouille », qu'elle réclame encore malgré sa taille et ses quatorze ans bien tassés ; et cela peut la prendre n'importe où : sur le canapé du salon, à la plage, au cinéma, et même les nuits d'orage où elle adore avoir peur, mais surtout pas seule ! C'est ainsi que, lorsque le tonnerre grondait trop fort à Noirmoutier, Angeline venait se réfugier tantôt dans mon lit, tantôt dans celui de Moune.

Imaginez alors la belle, tel Christophe Lambert dans *Greystoke*, se lovant contre vous, faisant passer votre bras derrière son épaule et attrapant votre main pour la poser sur son estomac, et là… grattez doucement, très doucement… et grattez encore…

Ensuite, il faudra passer au dos ! Interminables séances de « là, oui, c'est bien… non, Miette, là, plus à droite… là, plus bas… plus haut… » qui ont commencé il y a une douzaine d'années et n'ont toujours pas cessé.

Nous nous sommes d'ailleurs mises d'accord, Moune et moi, pour comploter un briefing à ce sujet avec celui qui sera jugé apte par Linette à devenir un jour son mari… de peur que celui-ci ne prenne ses jambes à son cou en découvrant « en *live* », et trop tard, les rituels désuets de l'enfance prolongée de sa future !

Mais c'est aussi grâce à Linette que j'ai pu compenser au centuple ces manques de tendresse et d'amour demeurés enfouis, telle une blessure, au fond de moi.

Je crois que Linette a été la meilleure médecine douce qui soit au monde.

26

Pleine lune

Alors là, c'est pas top du tout ! J'avais pourtant sommeil y a cinq minutes, et là, j'arrive pas à dormir. Trop de choses dans ma tête et dans mon cœur.

Ou alors, c'est la lune !

C'est grave beau, un ciel sans nuages les nuits de pleine lune, en hiver, au bord de la mer !

En été aussi, d'ailleurs. L'impression que tu vas pouvoir cueillir les étoiles comme les grains des grands mimosas qui ont recouvert le sol du jardin. Seules fleurs, excepté les bruyères, qui donnent un peu de couleur à la nature en cette saison.

C'est beau, mais ça te bousille un cycle de sommeil. Enfin, chez nous, c'est souvent comme ça !

J'ai enfilé ma doudoune et éteint la lumière pour mieux chercher la petite et la grande casserole dans le ciel, par la fenêtre ouverte. Un vieux truc de petite fille, que j'ai gardé des trop rares moments passés sur cette île avec mon père, l'été, quand on cherchait la Grande Ourse. Il me racontait les planètes avec un intérêt démesuré, lui le pilote de longs courriers, pendant que je comptais les étoiles filantes.

Pas étonnant qu'il ait finalement craqué pour une hôtesse passionnée d'astronomie !

Je me demande ce que peut bien faire Miette en ce moment, avec la pleine lune… Elle est aussi sensible que moi à ce phénomène un peu zarbi.

Un soir, elle m'a expliqué qu'il y a trois sortes de gens. Y a d'abord ceux qui, comme nous, ont du mal à dormir pendant les trois derniers jours de ce qu'on appelle la lune montante ; ensuite, ceux qui sont perturbés aussi, mais plutôt dans la période de la lune descendante. Et puis, y a tous les autres, les veinards qui se soucient de la lune comme de leur première chaussette (une expression chère à Mamiette !) et qui, à peine glissés entre leurs draps, s'endorment et ronflent comme des sonneurs de cloches. Encore une image bien choisie que ma grand-mère a dû hériter de la sienne ! Parce que des sonneurs de cloches, à part mes profs, j'en connais pas des masses !

Il doit faire carrément moins douze maintenant dans la chambre, et je me ferais bien un petit vin chaud à la cannelle, comme celui que me laisse goûter Miette après une bonne journée de ski, quand on part ensemble, vers Pâques, pour profiter de la dernière neige et retrouver nos amis à Isola 2000.

Si ça se trouve, sous prétexte de se réchauffer, elle est en train de se régaler en cachette avec ses fameuses cerises à l'eau-de-vie… Je sais qu'elle en a toujours plein en réserve !

Eh oui, Miette, moi aussi je sais des trucs !

Et toc !

27

Du faux chignon à la thalasso

Linette a dû s'endormir. Nous n'avons pas vu le temps passer… 4 heures du matin ! Cela fait une éternité que je n'ai pas veillé aussi tard ! Et Linette, donc ! Si Moune apprenait ça, elle me maudirait.

J'irais bien m'allonger telle quelle sous ma couette, mais un petit passage par la salle de bains me paraît quand même salutaire dans l'état où je me trouve. Je suis curieuse de voir la tête que j'ai à cette heure avancée de la nuit…

Non pas que je me compare à tous ces canons à la soixantaine étincelante étalée à la une des hebdomadaires féminins, de Sylvie Vartan à Catherine Deneuve en passant par Françoise Hardy ou Jane Fonda. Pourtant, force m'est de constater que, malgré mes rides, je ne me suis jamais sentie en si parfaite harmonie avec ce que je vois chaque matin, et même ce soir, dans le miroir de ma salle de bains. Un intérieur qui se sent enfin en parfait accord avec son extérieur.

Rien à voir avec ce que j'avais en face de moi à quinze ans, époque à laquelle je ne me supportais pas physiquement. Mais, à cette période délicate de la puberté et de l'adolescence, la majorité des quatorze-quinze ans, toutes générations confondues, ont dû plus ou moins ressentir la même chose.

Passé ce qu'on appelle « l'âge ingrat », mon problème majeur résidait surtout dans le fait que, de toute évidence, je n'intéressais pas les garçons. Excepté pour faire passer leurs doux messages à mes compagnes de classe, plus blondes, plus féminines, plus maniérées, plus secrètes et discrètes, aussi, peut-être, que moi.

A défaut de la petite amie que j'aurais rêvé d'être pour certains, je me retrouvais « la chic fille ». Comme si mes parents m'avaient dotée d'un statut entre deux sexes ! Pas vraiment fille, pas franchement garçon.

Comble de malchance, ma mère eut un jour la riche idée de me faire couper très court mes longs cheveux bouclés, alors que la mode était aux chignons crêpés « à la Bardot ». Allez donc crêper des cheveux d'une longueur de cinq centimètres !

C'est pourtant ce que je m'échinais à faire, chaque matin, pour créer l'illusion d'un faux chignon au-dessus de la frange que j'avais durement négociée avec la coiffeuse, à grands renforts de sourires, à huit centimètres de long. Face à mon désarroi, elle avait consenti à déroger aux ordres implacables de ma reine mère.

Je me retrouvai du jour au lendemain avec les cheveux dressés sur la tête, consciencieusement lissés sur le devant, tel un hérisson à frange, fin prête à partir à l'assaut d'un potentiel amoureux.

Devant les garçons sceptiques, les filles se sont crues obligées de m'assaillir de compliments, plus hypocrites les uns que les autres, sur l'originalité de ma nouvelle coupe.

Mais les garçons ne s'y sont pas trompés. Et ils ont continué de sortir avec les vrais chignons aux cheveux longs.

L'importance de l'apparence dans le jeu de la séduction a déclenché chez moi une espèce de défi : j'allais conquérir la gent masculine avec d'autres arguments que ceux utilisés par mes consœurs. Mettre à profit mon envie débordante, depuis ma prime enfance, d'aller vers les autres. Et pour communiquer, j'avais un allié de choix : mon humour.

En attendant le prince charmant, je me jetai « à cœur perdu » dans les études… et laissai aux autres le soin de continuer à se crêper le chignon !

***

La cinquantaine rugissante, mon fils évanoui dans la nature, même plus l'ombre d'un mâle qui rôde à l'horizon, j'ai pensé qu'il allait me falloir prendre le taureau par les cornes et songer un peu à ma petite personne.

Le temps du ravalement était venu, intérieur comme extérieur.

Je traversais alors une période assez chaotique de hauts et de bas, de noir et de blanc, de droits et de travers, de plus et de moins, de questions qui restaient sans réponse, me lamentant un peu plus chaque matin sur ce que me renvoyait le miroir de ma salle de bains. J'allais même jusqu'à avoir une pensée émue pour les hommes qui avaient eu la bonne idée de ne plus traverser ma vie, convaincue qu'ils auraient fui face au spectacle désolant que j'offrais au réveil.

Mais, chez les Amaury, les déprimes n'ont jamais duré très longtemps.

J'ai d'abord pensé à la chirurgie esthétique à laquelle nombre de mes amies avaient recours de façon ponctuelle. Un tatouage de sourcil par-ci, un ponçage de nez par-là ; quelques injections de Botox pour gommer les rides du front, un rehaussement de pommettes accompagné du lifting d'un double menton naissant ; une injection de collagène pour les lèvres ou deux implants de silicone pour les seins ; sans oublier une bonne liposuccion du ventre ou des cuisses.

Rien que l'idée de devoir procéder au classement de mes urgences me donnait la nausée. Presque tout méritait d'y passer !

Parallèlement, j'avais du mal à imaginer la tête de Moune ou de Linette le jour où, après une bonne révision tardive des 50 000 et une remise en état de pied en cap, je viendrais enfin leur rendre visite, fière de ma nouvelle silhouette.

Au cœur de mes cauchemars les plus fréquents, j'entendais la voix d'Angeline, derrière la porte d'entrée de sa maison, hurlant à sa mère :

« Moune ! T'attends quelqu'un ? Y a une dame qui sonne… J'ouvre ou quoi ?… Non, je la connais pas, j'l'ai jamais vue ! »

Oh ! Misère, misère ! L'horreur totale ! Une petite-fille qui ne reconnaît pas sa propre grand-mère !

Alors, non ! Décidément, non ! Je ne toucherais donc à rien.

Et tant pis pour le prétendant potentiel du troisième âge, démangé par l'idée d'une petite aventure sans lendemain avec une jouvencelle de cinquante ans qui en paraîtrait quarante après lifting, et qui regagnerait chaque soir son foyer, heureux d'avoir batifolé de 5 à 7 avec une super-plastic-woman, pour déguster le ragoût fumant mitonné par une épouse attentionnée !

Il arriverait en retard, fourbu, attendrissant, poserait son attaché-case au pied du portemanteau après avoir pris bien soin de s'essuyer les pieds sur le paillasson de l'entrée, puis il s'effondrerait mollement dans les bras géants de son fauteuil préféré, tandis qu'il glisserait ses pauvres pieds fatigués dans les moelleuses charentaises écossaises que madame lui aurait apportées :

« Oh, chérie, tu ne peux pas savoir la journée de dingue que j'ai encore passée ! Ils veulent me tuer, au bureau ! Vivement la retraite ! »

Adieu amour, gloire et beauté.

Quant à l'idée d'une idylle avec un homme plus jeune que moi, non merci ! J'avais déjà donné.

Adieu sexe et *rock and roll* !

J'optai donc pour une version plus raisonnable et plus soft du remodelage corporel en décidant de m'offrir deux fois par an une de ces fameuses cures de thalassothérapie, qui comptaient de plus en plus d'adeptes chez les femmes et chez certains hommes soucieux de se maintenir en forme.

Après avoir consulté moult catalogues et dépliants vantant les mérites de tel ou tel centre, je me décidai pour la Tunisie, sûre de ne pas y croiser de visages familiers et pensant que j'y trouverais aussi, à défaut de l'amaigrissement espéré, un dépaysement total sous le soleil, ce qui n'était pas pour me déplaire.

Pour cette retraite volontaire, je choisis les périodes de la première semaine de septembre et d'avril où mes activités de prof me laissaient un peu de temps libre.

Et me voilà partie pour la grande aventure de la solitude en groupe ; la vaste chambre à deux lits pour une personne ; la petite table, réservée au restaurant en demi-pension, dressée pour un couvert. J'y découvrais, en vrac, l'hydrothérapie, la pressothérapie, la cryothérapie, l'enveloppement d'algues avec couverture chauffante, le gommage après le hammam, les massages – spécial dos, antistress, anticellulite, sous affusion –, le drainage lymphatique, la réflexologie plantaire, les bains hydromassants, la douche ionisante multijets… Je m'inscrivis avec une frénésie boulimique à tout ce que proposait l'établissement, y compris aux cours collectifs de gym aquatique.

Ah ! La gym aquatique ! Un grand moment que je savourais pleinement avec des femmes de tous âges et de tous gabarits, auxquelles je m'associais volontiers pour évoluer sous la voix autoritaire d'un Jean-Claude Vandamme local.

Ces cours se révélaient chaque jour un peu plus rassurants pour mon ego, surtout quand je m'essayais à évaluer, non sans une certaine autosatisfaction, la différence de volume qui me séparait de mes collègues d'aquagym…

Oui, je l'avoue, je savourais intensément ces moments-là !

Dès mon premier séjour en cure, je décidai de profiter de la distance et de cet isolement pour déconnecter vraiment de tout ce qui me reliait au monde extérieur. L'époque n'étant pas encore au téléphone mobile, il m'était facile d'invoquer le mauvais fonctionnement des lignes locales et la cherté des communications internationales à l'hôtel…

En tout cas, dès que je leur fis part de mon désir de m'isoler totalement durant ces séjours, Moune et Angeline, à mon grand soulagement, approuvèrent sans conditions, pensant que je souhaitais tester mes aptitudes à la solitude longue distance.

Sauf urgence. Bien sûr, Linette, bien sûr !

Mais, comme chaque fois que j'avais pris une résolution importante dans ma vie, aucune urgence ne vint contrarier mes projets, ce qui devait bien arranger mes affaires par la suite. Lorsque j'eus l'envie de faire un plus long voyage…

Mais chut ! Ça, c'est top secret !

28

Hit-parades

J'ai appris que Miette, comme moi, ne croit pas trop à l'astrologie, sauf quand ça l'arrange. Alors, comme moi, elle ne peut pas s'empêcher de jeter un œil sur son horoscope chaque semaine. Pour elle, c'est dans *Femme actuelle* ou *Gala*, pour moi c'est dans *Girls* ou *Jeune et Jolie.*

Moi, je suis Poissons. Miette est Lion.

Dans les prévisions de la semaine, qu'on a lues avant de partir, on a une chose en commun : « Il ne faudra pas passer à côté de la rencontre inattendue qui va changer votre destin. »

Alors ça, c'est trop top ! Quand on évalue les chances qu'on a, sur cette île quasi déserte en hiver, de faire une « belle rencontre inattendue », ça laisse rêveur !

En tout cas, ça nous a fait encore une bonne occasion de piquer un fou rire et de délirer là-dessus.

Autre chose qu'on a en commun toutes les deux, c'est le romantisme. On s'en est rendu compte en parlant cinéma. C'est peut-être parce que ma mère a accouché sur la musique du *Grand Bleu* de Luc Besson ? Du coup, Moune a mis des dauphins en peluche un peu partout dans sa chambre ! Dans la mienne, à part le dessus-de-lit qui fait penser au film, c'est plutôt des posters et des photos d'artistes au mur. Normal, quoi !

Le film qui a le plus marqué Miette a toujours été *West Side Story*.

Pour moi, je crois que, même plus tard, ça restera *Titanic*, surtout à cause de Leonardo DiCaprio. On a vu chacune nos films préférés plusieurs fois et chaque fois on a pleuré, même en connaissant la suite et la fin.

Pour Miette, le plus beau moment de son film, c'est quand Maria chante, à la fin, agenouillée dans sa robe rouge, en tenant dans ses bras Tony qui va mourir. Il faudra que je voie ça un jour, quand même !

Dans mon film à moi, le passage le plus hard, c'est quand Rose est déjà bien gelée et flotte sur un morceau de bois après le naufrage du paquebot et qu'elle dit : « D'Jack… D'Jack… » au moins dix fois, sans se rendre compte que son amoureux est un peu devenu violet dans l'eau à moins douze ! C'est trop émouvant ! Je ne sais pas pourquoi, mais chaque fois j'aurais plutôt envie que ce soit elle qui meure…

Depuis, je me suis mise à préférer quand même Brad Pitt, comme Miette, même s'il est plus vieux que Leonardo, et on s'est découvert un autre goût commun pour un acteur trop top pour nous deux, mais qu'on voit pas beaucoup, c'est Kevin Spacey. Du coup, on s'est promis de regarder ensemble le DVD de *Usual Suspects*, un film carrément trop génial ! Il a quand même fallu que je le voie quatre fois avant de commencer à comprendre, mais quand tu sais le truc de la tasse, tu t'aperçois que c'est vraiment bien foutu, c'est clair !

Après, on est devenues carrément hystériques en parlant de nos séries préférées : on est hyper fans de la même ! C'est *24 heures chrono*, avec Jack Bauer ! Enfin… Kiefer Sutherland… Trop top, la série !

Après être tombées d'accord sur le fait qu'on kiffait bien Kiefer, et avoir bien ri de notre bon jeu de mots, Miette a lancé l'idée de faire, de mémoire, juste comme ça, pour voir, l'inventaire des grands événements du monde qui ont marqué nos quinze premières années respectives. Trop délire !

Pour Miette, selon son expression, « ça se bouscule au portillon » de 1946 jusqu'au début des années soixante. Entre la construction du mur de Berlin, Brigitte Bardot toute nue au cinéma, la télévision en noir et blanc à la maison, le couronnement de la reine Elisabeth II commenté par Léon Zitrone, le mariage de Grace Kelly et du prince Rainier, la rupture du barrage de Malpasset (elle était en week-end près de Fréjus quand c'est arrivé), le lancement du paquebot *France*, et celui, après la chienne Laïka, du premier homme dans l'espace, Kennedy président, Elvis Presley, les Beatles, le transistor… J'ai finalement choisi le premier homme dans l'espace parce qu'elle m'a raconté que c'est de là qu'on est partis pour faire, plus tard, sur la Lune, « un petit pas pour l'homme, un grand pas pour l'humanité ». Ça, je l'ai vu et entendu chaque fois que, avec Moune, on a suivi un docu sur le sujet. Et cette phrase-là, elle me plaît bien.

« Un p'tit coussin pour Linette, un grand lit pour coucher Mémé ! » a ajouté Miette en s'étirant et en bâillant.

Après avoir bien entamé le bocal de ses cerises préférées, sans que je pense à l'en empêcher, elle a commencé sérieusement à se lâcher et m'a même invitée à fumer si j'en avais envie. Au diable notre bon règlement du premier soir ! Miette déchire grave !

De peur qu'elle ne change trop vite d'avis, j'ai monté l'escalier quatre à quatre pour récupérer une clope et un briquet dans le paquet entamé, laissé par Miette le matin même dans l'entrée. Au passage, j'ai attrapé son bâton de rouge à lèvres pour écrire sur la glace de la salle de bains : « J't'm for » et je l'ai entouré d'un grand cœur.

Puis je suis redescendue en courant pour me réinstaller dans le canapé et faire à mon tour l'inventaire.

Parmi les événements les plus marquants des quinze années de ma petite vie, j'hésitais beaucoup entre la France qui gagne la Coupe du monde de foot, Mazarine à l'enterrement de Mitterrand, le préservatif contre le sida, la mort de Lady Di, celles du pape et du prince Rainier de Monaco, Vanessa Paradis qui pleure aux *Victoires de la Musique* avec Gainsbourg, la vache folle, les *boys bands*, le passage à l'an 2000, le 11 septembre 2001, le tsunami en Asie, l'ouragan Katrina sur La Nouvelle-Orléans, la série TV *Friends*, la télé-réalité…

Miette était bien embêtée pour faire un choix ! Evidemment, le pire au niveau des morts, c'était carrément le tsunami (on avait décidé qu'on ne tiendrait pas compte des morts pendant les guerres, ni de tous ceux morts du sida), mais, en discutant un peu, on a finalement opté pour les attentats du 11 septembre aux USA. « Une petite date à retenir… Une grande preuve de la connerie humaine ! » a lancé Miette d'un air grave que je ne lui connaissais pas. Elle a même ajouté : « Ils n'ont pas compris que, au bout du compte, on est tous là pour y passer un jour... Alors pourquoi veulent-ils jouer au bon Dieu avant l'heure ? Merde ! »

Là, je me suis sentie un peu mal. Elle qui ne jure d'habitude qu'avec ses vieux « flûte, crotte et zut », elle a d'un coup bien plombé l'ambiance ! J'ai préféré détourner la conversation pour aborder des sujets plus légers de princesses et de trucs qui t'emmènent ailleurs. Parfait pour Miette qui, les cerises aidant, était au bord du blues. J'ai été soulagée de la voir rebondir aussi vite sur les films de *Sissi* avec Romy Schneider, tandis que j'enchaînais sur les Walt Disney, *Harry Potter* et compagnie.

Après on a parlé musique, elle de Stevie Wonder et Gilbert Bécaud, moi de Kyo, de Raphaël et de Usher. D'ailleurs, Usher, je le kiffe tellement que j'ai mis sa photo sur mon blog. Il est carrément trop beau ! Mais Miette, elle connaît pas.

Le problème, avec les repères de Miette, c'est qu'on tombe souvent sur des gens super mais un peu morts quand même, et ça c'est dommage ! Moi, j'aime pas trop quand les gens s'attardent sur le talent des morts, vu qu'ils feront plus rien de neuf ! C'est vrai que c'est hyperchiant d'entendre tout le temps leurs mêmes vieux trucs et de voir sortir toujours des nouvelles compils des cimetières. Dalida, Joe Dassin, Claude François, etc. Remarque, dans le film *Podium*, je me suis bien éclatée avec Benoît Poelvoorde. En Cloclo, il était trop génial !

Mais bon, je préfère quand même suivre la carrière des vivants. Au moins, on a l'impression d'avancer !

C'est ce que je lui ai dit, avant de m'endormir d'un coup.

29

Plage de l'Anse rouge

Quelle formidable semaine nous passons !

Cinq jours déjà, écoulés à rire, pleurer, chanter, nager, pédaler jusqu'à l'épuisement. Cinq jours à faire ensemble les courses et la cuisine, le lavage, le ménage et le repassage. Nous avons même joué les touristes avec visites guidées de la chèvrerie, route de l'Herbaudière, puis chez les sauniers de L'Epine, les maraîchers de La Linière, rois de la bonnotte, les viticulteurs, ostréiculteurs et autres pêcheurs en tous genres. Comme les nombreux Parisiens qui ne sont jamais montés sur leur tour Eiffel, Linette m'a fait remarquer que, même vivant épisodiquement auprès de tout ce joli monde, jamais je n'avais fait la démarche d'aller voir de près comment travaillaient les gens de ce terroir.

Cinq jours, aussi, de confidences ininterrompues et d'échanges inoubliables, qu'on aurait voulu voir durer une éternité, sans compter les cinq soirées pendant lesquelles Linette s'est découvert un engouement soudain pour le Scrabble. Elle a d'ailleurs dressé une liste de tous les nouveaux mots qu'elle a appris pour ensuite en regarder la définition exacte dans le dictionnaire.

Je dois avouer que j'ai triché un peu, la laissant souvent gagner quelques points de plus pour équilibrer la partie. C'est le rôle des grands-parents de mettre leurs petits-enfants en confiance.

Je me souviens, mon grand-père me laissait toujours gagner au jeu de dames en faisant semblant de n'avoir pas vu le pion que ma dame allait lui prendre au tour suivant. C'est grâce à ces petites victoires rassurantes que je me suis ensuite prise de passion pour le jeu de jacquet, puis pour les échecs et, plus tard, pour les jeux de cartes.

Ce matin, Linette a décidé de s'acheter avec son argent de poche son premier livre de mots fléchés. C'est une victoire qu'il nous fallait célébrer. Aussitôt dit, aussitôt fait, avec la dégustation, à l'abri des grandes baies vitrées de notre terrasse, d'un énorme plat de « langoustines-mayo », le plat préféré de Linette.

« Superplus de chez top ! » a-t-elle conclu en finissant le fond de chablis blanc bien frais, resté, par un heureux hasard, au fond de mon verre.

C'est en attendant que mon café brûlant refroidisse un peu dans sa tasse, tandis que Linette attaque sa première page de mots fléchés en mordillant sauvagement la gomme de son crayon à papier, que je les aperçois, vers les rochers. Deux silhouettes devenues presque familières, celles de « notre » homme en noir et de son labrador.

Je dis « presque familières » parce que, depuis lundi, au moment précis où nous finissons notre repas de midi, nous avons droit au même rituel. Comme surgi de nulle part, l'homme apparaît, précédé de son chien, et se dirige vers le bord de mer. Puis il lance quelques morceaux de bois flotté vers les premières vagues, dans lesquelles le labrador s'empresse d'aller plonger pour rapporter ses trophées jusqu'au rivage.

Après que le chien s'est ébroué près de son maître, ce dernier ouvre les pans de son long manteau et les secoue. Ils lui font comme deux grandes ailes qui lui donnent, soudain, dans la lumière évanescente du contre-jour, l'allure étrange d'un Matrix.

Le labrador se roule dans le sable sec tandis que l'homme lève doucement la tête. Derrière ses lunettes noires, le regard semble porter dans notre direction.

Puis il repart, comme il est venu, du même pas nonchalant, s'éloigne avec son chien vers la plage du Vieil, celle aux coquillages, avant de disparaître derrière les rochers. Jamais on ne les voit repasser.

Nous nous amusons alors à inventer chacune une histoire dont l'acteur serait le mystérieux inconnu. Linette se souvient de l'avoir croisé au marché, dimanche dernier, et je l'ai remarqué pour la première fois, moi aussi, ce même jour, au Café Noir.

Dans l'histoire de Linette, l'homme serait un écrivain venu puiser son inspiration sur notre île aux mille paysages. Elle ajoute, pour justifier sa présence quotidienne sur « notre » plage, qu'il nous aurait choisies pour être les deux héroïnes de son prochain roman dont l'action se déroulerait à Noirmoutier !

J'aime laisser vagabonder l'esprit de Linette sans l'interrompre, mais je juge quand même bon d'avancer l'idée que, peut-être, l'homme est tout simplement à la recherche d'une maison près de l'Anse rouge. La nôtre est la seule à refléter un peu de vie en cette saison, et ce réflexe de tourner le regard vers une terrasse animée, plutôt que vers une autre dont les volets sont clos, m'apparaît comme une réaction, somme toute, bien naturelle.

Pendant que Linette, pour étayer son histoire, s'aventure dans un délire de détails abracadabrantesques, je me surprends à imaginer mon défunt mari, Blaise, sur cette même plage, une trentaine d'années auparavant, rôdant de la même façon avec le petit Berty, et une idée en tête : racheter par tous les moyens cette maison qui m'a tant fait rêver durant mon adolescence… Alors l'image de Blaise s'efface. Retour brutal au présent : et si c'est notre maison que l'inconnu vise d'acheter ? Ah ça, jamais !

« Hé ! Miette… Tu m'entends ? Réponds-moi ! Qu'est-ce que t'en dis ? »

Ce que je dis de quoi ?

« …Et si on allait voir de l'autre côté des rochers ? Qu'est-ce qu'on risque ? »

Voilà une idée qui me donne soudain des ailes ! D'accord, allons-y, Linette ! J'ai besoin d'en avoir le cœur net… Allez, courage, Miette !

Un bon bol d'air nous fera le plus grand bien.

C'est ainsi que, telles deux midinettes en mal d'aventure, inspirées d'un roman d'Agatha Christie ou d'un épisode de *Julie Lescaut* (chacune ses références), nous tentons de pister « l'homme en noir ». Hélas, les caprices de la marée ont déjà effacé toute trace de passage sur le sable, au pied des rochers que je ne me sens pas le courage d'escalader. Nous renonçons à nous aventurer plus loin.

Cependant, après en avoir largement débattu, nous prenons la ferme décision de consacrer notre dernière journée de vendredi à la recherche de l'identité de notre inconnu.

Joli programme en perspective !

Linette, c'est toi qui marques le point pour la meilleure histoire, car jamais je ne vendrai notre maison !

Et encore moins à un inconnu. Ah, ça, jamais !

30

Avoir un grand frère

Oh ! Dur, dur ! C'est notre avant-dernier soir... Ça passe trop vite, ces vacances !

Comme on en a pris l'habitude après le dîner, on s'est installées sur le grand canapé, moi et ma demi-clope, Miette et son nouveau bocal de cerises à l'eau-de-vie.

Quelque chose nous disait qu'il fallait profiter à fond de cette soirée, parce que demain ne serait sûrement plus pareil. Pourquoi ? On n'en savait rien. Une drôle de certitude, c'est tout.

Je ne sais plus comment on en est arrivées à évoquer le fait que, toutes les deux, on regrettait de n'avoir jamais eu de grand frère.

Pour Miette, c'était avant tout parce qu'elle aurait aimé jouer au train électrique que son père avait acheté avant sa naissance, sûr que l'enfant attendu serait un garçon ! Dès que Miette est née, le train s'est retrouvé au fin fond d'un placard et n'en est plus jamais sorti.

Elle m'a raconté le sort plutôt *hard* qu'elle réservait à ses poupées : curieuse de nature, du style « mais comment ça marche ? », elle passait son temps à démonter tête, bras et jambes, et, chaque fois déçue de constater que les membres étaient bêtement reliés par un simple élastique, elle les reléguait dans le coffre à jouets de sa chambre, là où étaient déjà entassés, pêle-mêle, comme dans les pires films d'horreur, trois têtes, quatre bras droits, cinq jambes gauches… Trop encombrants, les corps étaient tous jetés à la poubelle. Etonnante Miette !

Et puis, de toute façon, elle avait décrété qu'elle préférait les poupées vivantes et détestait faire semblant d'être la maman d'un bébé en celluloïd dont on ne saurait jamais s'il avait été un garçon ou une fille, qui souriait toujours bêtement et ne pleurait jamais !

Là-dessus, on avait pas mal de points communs, surtout au niveau du démontage des jouets. Chez moi, y en a quand même qui ont échappé au massacre : mes poupées Barbie avec la totale des panoplies : Barbie mariée, Barbie tennis, Barbie rockeuse… et son mec, Ken, ou son frère, on saura jamais vraiment, sauf qu'il était carrément ridicule avec sa banane de vieux rocker sur la tête ! Miette a explosé de rire, elle a dit qu'il ressemblait à Dick Rivers.

Moi, Dick Rivers, je connais pas, alors j'ai pas insisté.

En tout cas, Barbie, elle, elle était pas toute seule !

Bref ! Miette a ajouté que le grand frère de ses rêves aurait sûrement eu des copains de son âge, qu'il aurait organisé des surboums à la maison, et qu'elle aurait pu danser des rocks endiablés avec eux sur les succès d'Elvis ou de Gene Vincent. Ouais… sûrement !

Pour ça, les quinze ans de Miette ressemblent un peu aux miens. Comme elle à son époque, je m'entends bien mieux avec les garçons plus âgés que moi et j'ai la chance que ma mère accepte de les recevoir à la maison. Moune dit que, tant qu'il y en a plusieurs, ça pose pas de problèmes. Qu'elle s'inquiétera peut-être plus le jour où j'en ramènerai qu'un seul, surtout si c'est toujours le même ! C'est pour ça que je dis tout le temps à Steph de venir avec un ou deux de ses copains. Et puis, de toute façon, il se pointe toujours au minimum avec Malik et Vaness, alors…

Miette m'a raconté aussi que, à quatorze ans, elle avait le droit d'inviter chez elle que des filles. Et seulement à l'heure du goûter, les jeudis après-midi d'hiver, quand elle avait ni école ni balade en forêt avec la garderie du patronage. Mon arrière-grand-mère leur faisait alors spécialement des gâteaux. Elle leur servait aussi de la grenadine et mettait sur son tourne-disques ses vieux 78 tours de Luis Mariano et d'André Claveau. Supertop, les jeudis de Mémé !

Y a que pendant ses vacances au bord de la mer qu'elle avait enfin le droit de jouer avec les garçons du camping, l'après-midi. A condition tout de même d'être rentrée à la caravane à 5 heures, pour goûter en famille et aider ensuite sa mère à laver ou ranger le linge et à préparer le repas du soir. Oh, la galère d'enfer ! Je suis bien contente d'être née en 1991 !

Pour moi, c'est plutôt hypercool de ce côté-là. Maintenant, même en vacances, on vit dans des vraies maisons avec des machines à laver le linge et la vaisselle (sauf cette semaine, bien sûr !) et je me débrouille pour embarquer des fringues qui se portent toujours un peu froissées avec des jeans, et faut dire que ça m'arrange pas mal… Pour la bouffe, à la maison, un coup sur deux on mange à la pizzeria ou à la crêperie, sans ça c'est Miette qui se colle les épluchages et la cuisine, elle dit qu'elle adore ça… mais elle sait aussi que Moune et moi, on n'aime pas trop !

Miette m'a avoué que, avant de rencontrer son premier « vrai » amoureux, elle en avait eu plusieurs, mais qu'ils faisaient pas « crac-crac ». Seulement des bisous sans la langue, et ils allaient même jusqu'à se tenir la main de temps en temps, dans la rue, dès que les parents avaient le dos tourné.

Eh ben, moi, j'aurais jamais pu vivre à cette époque-là. Oh, la te-hon totale… Tu te vois avec les parents toujours derrière ou devant toi, à surveiller de loin ou de près ce que tu fais ? Un peu comme dans *Le Parrain*, quand Al Pacino rencontre sa fiancée en Sicile. Ça craint, ça, quand même !

Alors que maintenant, avec le portable, Moune peut m'appeler quand elle veut et inversement. Quand je vois que je risque d'être en retard, je lui envoie plutôt un SMS : « sui mcdo vanès é stef tinkiet pa sré la 6h. G pa 2 2voir pr dem 1 biz jtm timoun N jel »

Avec ça, Moune est rassurée car elle connaît quand même un peu les parents de tous mes amis. Grâce à ce système, on se prend plus la tête, quand je rentre, en se balançant des trucs nases et lourdingues qui t'ambiancent mal la vie après, comme ça arrivait entre ma mère et mon père quand il rentrait en retard, et que le portable existait pas.

C'est sûrement pour ça qu'il est parti un jour. Sinon, il serait peut-être encore avec nous. Il faut dire que, d'après ce que m'en a dit Moune, il avait tendance à lui fixer une heure de retour et à se pointer deux heures plus tard, en invoquant toujours les mêmes excuses bidon : le retard de son vol de retour, le pot d'adieu d'un collègue et les bouchons « in-sup-por-tables » de la rentrée sur Paris. Ce qui a fini par agacer sérieusement ma mère, surtout quand elle a appris, par une « très bonne copine » qui travaillait à Roissy et croisait souvent mon père, que les retards, pots d'adieu, embouteillages et autres portaient le même prénom féminin…

Et ce prénom-là, si tu sais pas qu'il existe, tu penseras jamais à l'inventer ! C'est Miette qui vient de me l'apprendre ce soir, et on s'est encore piqué deux bidonnages de rires gratinés : « Quentine » ! C'est Quentin au féminin ! Nous, on n'aurait jamais osé ! Super balèzes, ces Québécois !

Moi, à part celle où on mange à midi au lycée, des « Quentine », j'en ai jamais connu ! Evidemment, quand tu te présentes avec un prénom pareil, ça te reste !

Et il a fallu que ça tombe sur mon père.

31

Mes princes charmants

Contrairement à Linette, je n'avais pas la chance de voir tous les jours l'amoureux de mes quinze ans.

Il me fallait patienter toute l'année scolaire, heureusement ponctuée de nos courriers, pour retrouver enfin mon Bertrand l'été suivant, à Noirmoutier.

Pour occuper ces mois d'interminables attentes du facteur, je m'inventais des histoires d'amours insensées avec des princes tout droit sortis des écrans de la télévision ou du cinéma et je les invitais jusque dans mes rêves.

Ainsi, la nuit, je chevauchais en amazone sur un majestueux destrier blanc entre les bras d'Ivanhoé-Roger Moore, parmi les rochers de la forêt de Fontainebleau où nous allions régulièrement pique-niquer ou faire de l'escalade en famille.

Une autre fois, c'était sur le bateau du capitaine Troy-Gardner Mac Kay que je m'embarquais pour une « Aventure dans les îles » sur la Seine lorsque, chaque année, nous fêtions l'anniversaire de mariage de mes grands-parents sur un bateau-mouche. Alors qu'ils s'émerveillaient pour la énième fois de la beauté de l'île Saint-Louis en ce « magnifique dimanche de mai », je me voyais dans les bras de mon beau capitaine, étendue sur une plage de sable fin, au pied de Notre-Dame, à l'ombre des deux tours qui devenaient dans mon imagination deux palmiers géants ! Paris-plage avant l'heure !

Il m'arrivait aussi de m'évader avec Alain Delon. J'étais tour à tour Annie Girardot dans *Rocco et ses frères*, Pascale Petit dans *Faibles Femmes*, Romy Schneider dans *Kitty*, ou encore Jean Seberg dans *A bout de souffle*, coiffée à la garçonne et m'accrochant désespérément à la main de Jean-Paul Belmondo.

Mais le « top du top », comme le dirait si bien Linette, c'était quand même de me retrouver avec les yeux mauves d'Elizabeth Taylor, éperdue d'amour pour les yeux si bleus de Paul Newman dans *La Chatte sur un toit brûlant*, un film alors interdit aux moins de dix-huit ans, que mes grands-parents, qui l'ignoraient, m'avaient emmenée voir avec eux. Je mesurais déjà un mètre soixante-dix du haut de mes quinze ans, ce qui m'avait permis de franchir discrètement l'entrée de la salle sans être contrôlée par la placeuse.

J'ai toujours été fascinée par le bleu des yeux des acteurs dans les films américains. Mais quelle ne fut pas ma déception en apprenant plus tard qu'il y avait de grandes chances qu'on les ait colorisés pour qu'ils paraissent encore plus bleus !

A cette époque, il n'y avait qu'une seule chaîne de télé, et les images n'étaient diffusées qu'en noir et blanc. C'est pourquoi les films en Cinémascope et en Technicolor affichaient complets aux séances en matinée du dimanche après-midi, dans les grandes salles adaptées à la diffusion de ces œuvres à grand spectacle.

Il fallait se rendre au cinéma une bonne heure à l'avance pour se trouver en bonne place dans la file d'attente, où l'on croisait, la plupart du temps, jusqu'à trois générations d'une même famille pressée, comme nous, de découvrir, après *Les Dix Commandements*, le nouveau film de Charlton Heston, *Ben Hur*, dont tout le monde parlait avant même de l'avoir vu, ou encore le fameux *West Side Story*, la comédie musicale qui avait fait fureur quelques mois plus tôt aux Etats-Unis.

Nous nous sommes découvert encore un point commun, avec Linette. Bien que nous n'allions pas voir les mêmes films, excepté ceux que nous regardons ensemble de temps en temps à la maison en DVD, nous adorons les salles de cinéma pour le rituel des confiseries à l'entracte ! Un cône au chocolat pour moi, un cornet de pop-corn pour elle, pendant que défilent les écrans de pubs ou les bandes annonces des films à venir.

En dehors des grandes fresques que mon père n'aurait pas supporté d'aller voir ailleurs qu'au Grand Rex ou au Cinépanorama Gaumont de la place de Clichy, aujourd'hui reconverti en hôtel, nous allions voir les films plus confidentiels ou les comédies dans la salle de cinéma proche de notre domicile. Cela permettait à mes parents de deviser gaiement dans la file d'attente avec ceux de mes amies du collège, pendant qu'on s'isolait entre filles dans le grand couloir pour échanger les derniers potins concernant le « nouveau garçon au vélo jaune ».

Depuis environ deux semaines, il passait tous les soirs, comme par hasard, juste quand nous sortions de l'étude. Certains jours, il repassait même plusieurs fois, ralentissant dès qu'il arrivait à la hauteur de notre groupe.

Les commentaires allaient alors bon train au sujet de ce garçon dont on ne savait absolument rien et sur lequel toutes les filles fantasmaient, parce qu'il avait des faux airs de Steve McQueen. On l'appelait « Trucmuche » ou « Machin chose ».

Tu vois, Linette, pour nous il n'était pas « top délire » ou « trop craquant », on le trouvait simplement « très chouette », « très bath », voire « vraiment mignon », notre garçon au vélo jaune !

Quoi de neuf, Linette, en matière de cœur, aujourd'hui, excepté le langage ? Plus assez de place pour le rêve, peut-être, et un peu trop pour la réalité, sans doute…

Mais Angeline veut connaître l'histoire du « vélo jaune » ?

O.K., Linette !

32

Un vélo jaune

Quand on a fait le parallèle avec l'homme en noir, j'ai demandé à Miette de me raconter l'histoire du mystérieux « garçon au vélo jaune » de ses quinze ans. Jamais elle ne m'en avait parlé.

« Il passait chaque jour au moment précis de la sortie du collège, alors que je rentrais à pied chez mes parents.

» A l'époque, on habitait une petite ville de la banlieue parisienne, où tout le monde se connaissait plutôt bien. Excepté ce garçon au vélo jaune, débarqué du jour au lendemain. Le jeu consistait à lui inventer une histoire et je m'étais fait la mienne, décidant que je tomberais sûrement follement amoureuse du bel inconnu aux cheveux blonds.

» Comme pour conforter les sentiments qui m'animaient, je l'avais même vu s'arrêter plusieurs fois le long du trottoir, juste sous nos fenêtres. Je me contentais de l'observer, cachée derrière les rideaux de ma chambre qui donnait sur la rue.

» J'imaginais plein de choses, plus surréalistes les unes que les autres ; qu'il était orphelin et vivait, comme un Robinson de la ville, dans une cabane de la forêt la plus proche.

» Peut-être même était-il muet, c'était pour ça que ses parents l'avaient abandonné.

» Je rêvais qu'un beau jour il m'enlèverait sur son vélo jaune, comme Ivanhoé sur son cheval blanc, pour m'emmener au pays des fées, comme dans les dessins animés de Walt Disney… »

Là, j'imagine bien le dossier, et je raconte à Miette qu'il m'est arrivé souvent aussi de rêver à des histoires du même genre… Encore un truc qu'on a en commun, toutes les deux.

Miette a continué :

« Jusqu'au jour où j'ai fini par le croiser dans une surprise-partie. Dès qu'il m'a vue arriver, il m'a tout de suite invitée à danser le twist sur une chanson des Chaussettes Noires, tu sais, Linette, avec Eddy Mitchell, c'était leur soliste, à l'époque… »

Alors là, j'aurais bien donné dix euros pour voir ça !… Mais vas-y, Miette, la suite !

« D'abord, j'ai été hyperdéçue par son allure endimanchée, genre blazer étriqué à boutons dorés avec écusson sur la poche et pantalon gris en flanelle trop court, qui lui donnaient un air godiche, puis déçue encore que ce ne soit pas un slow parce qu'il dansait vraiment comme un pied ! J'ai quand même essayé d'engager la conversation et… tiens-toi bien, ma Linette… l'horreur totale pour moi, il ne parlait qu'anglais ! Heureusement, un de ses copains, qui dansait juste à côté de nous et qui comprenait bien la langue, est venu à mon secours.

» J'ai appris qu'il était le correspondant anglais d'un élève de la troisième B, absent depuis deux semaines du collège. En fait, pendant la même période, l'élève en question séjournait dans la banlieue de Londres, chez les parents de John. »

John… Pauvre Miette ! Et pourquoi pas Peter, pendant qu'on y est ! Du coup, elle a dû être vachement déçue aussi par le prénom. C'est vrai qu'il y avait de quoi flipper grave ! Tiens, comme si Steph, au lieu de s'appeler Stéphane, s'appelait… j'sais pas moi… Jean… ou Pierre ! Un truc banal, quoi !

Bref ! En fait, les deux familles avaient fait comme un échange de fils, non ?

« Oui, c'est un peu ça, Linette ! Un échange de fils. Mais, tu sais, c'était une chose très courante à l'époque… C'était surtout le seul moyen de faire de réels progrès en anglais. Tu sais, John avait au moins ça en commun avec Steve McQueen : il parlait anglais ! A part que dans *Au nom de la loi*, chez nous, le grand Steve était doublé en français ! Quant au reste… Vu de près… *Poor John !* Une voix de fausset en pleine mue, un léger strabisme qui aurait pu lui donner le charme d'un Christophe Lambert version *sixties* mais non, vraiment non !

» Je n'étais pas très douée en langues étrangères, alors nos échanges se sont limités à deux tours de twist et puis s'en vont. Et la belle histoire que je m'étais inventée s'est écroulée.

» Comme par hasard, dès le lendemain, plus personne n'a revu passer le vélo jaune. »

Pauvre Miette ! Je ne l'aurais jamais imaginée si romantique. Là-dessus, je savais enfin de qui je tenais… et pourquoi mon VTT était jaune !

Mais dans l'immédiat, nous avions une nouvelle énigme à résoudre, version *Mission impossible* du troisième millénaire.

Notre mission, si nous l'acceptons, est de découvrir qui est « l'homme en noir ».

D'où vient-il ? Que cherche-t-il ?

Le problème, c'est que Tom Cruise n'est pas là pour nous aider. Il va falloir nous débrouiller toutes seules, comme des grandes, et notre cœur s'autodétruira sûrement si on n'agit pas rapidement !

Première destination : le Café Noir. Idéal pour recueillir un maximum d'informations.

J'ai demandé à Georges, le patron, à Jean-Michel, le peintre, à mon copain Nono, serveur à la pizzeria (qui, entre parenthèses, n'a pas attendu que je grandisse pour se trouver une fiancée… dommage, car il est de plus en plus beau !), à l'avocat, à Titi, le boulanger, à Lucette, la poissonnière… Rien de bien encourageant si ce n'est un seul et même écho de toutes parts : on aurait aperçu le personnage plusieurs fois sur l'île depuis trois semaines, notamment au marché, dimanche dernier, après qu'il était passé au Café Noir.

Merci bien, mais ça, on le savait déjà !

D'après les on-dit, il aurait sûrement loué directement au propriétaire, car il habite dans une petite bicoque sur les dunes du Vieil, devant laquelle la boulangère l'a aperçu avec son chien. Donc il connaît déjà des gens sur l'île.

Nous voilà bien avancées, Miette et moi, avec ces super renseignements.

Un peu déçues, mais plus que jamais déterminées et fortes des maigres informations glanées çà et là, nous enfourchons nos vélos après avoir avalé un bon croque-salade et enfilé bonnets, gants, écharpes et doudounes. Direction : la plage du Vieil.

La marée étant favorable, nous pouvons même envisager de regagner ensuite notre « chez nous » par la plage, en empruntant l'itinéraire inverse de notre *sweet homme*. Comme ça, s'il n'a rien changé à son trajet, on ne devrait pas le louper.

Je n'étais jamais allée de l'autre côté de « nos » rochers.

Le Vieil est un lieu-dit de petites maisons basses de pêcheurs dont une grande majorité borde la dune. Ça ressemble à un village de poupées. On s'attendrait presque à voir surgir Blanche-Neige et ses sept marins nains !

Entre les maisons et la plage, un chemin a été tracé dans les herbes de la dune pour les promeneurs à pied ou les cyclistes.

Aujourd'hui, on a choisi de faire cyclistes !

Miette me raconte que c'est devant la plus grande maison en pierre grise, là où commence la plage du Petit Vieil, qu'une célèbre séquence de *César et Rosalie* a été tournée.

César ? Connais pas ! A part celui qu'on remet aux meilleurs acteurs tous les ans, ou l'autre qu'a joué Alain Chabat dans *Astérix et Cléopâtre*. Quant à Rosalie, je sais par Miette que c'était le nom d'une voiture de mon arrière-grand-père et un vieux prénom bien ringard, mais à part ça ?

Miette a jugé bon de préciser :

« …avec Yves Montand et Romy Schneider ! »

Ah, là, je connais ! Yves Montand, c'était le grand-père de Benjamin Castaldi, et Romy Schneider, elle faisait l'impératrice Sissi, dont Miette m'a offert la série en cassettes vidéo pour mes dix ans parce que j'ai toujours craqué pour les histoires de princesses.

Mais comme d'habitude, ils sont encore morts, ces deux-là !

Vraiment pas de bol !

33

Père Bonhomme

Sur la plage du Vieil, il n'y a pas âme qui vive hormis des nuées de mouettes qui picorent les algues luisantes, à la recherche d'insectes.

Chemin de la dune. Presque toutes les maisons basses semblent attendre les premiers locataires des prochaines vacances de printemps. Les petites barrières blanches au bois écaillé sont recouvertes d'une mince pellicule granitée, déposée par le sel des embruns.

La plupart des volets bleus sont fermés et certains disparaissent derrière les broussailles. Une exception toutefois : au loin, les volets de la bourrine du père Bonhomme semblent ouverts.

En général, à cette période de l'année, celui que l'on appelle ainsi, parce qu'après tout c'est son nom, est parti aux Antilles qu'il affectionne tout particulièrement pour la pêche au gros. Il en revient toujours avant les fêtes pascales.

Aucune lumière n'est visible derrière les rideaux de dentelle. Seule la fumée qui sort de la cheminée donne un signe de vie.

Linette, qui adore jouer les grandes sportives en apparaissant et disparaissant au gré des reliefs cabossés de la dune, vient de stopper net avec son VTT devant le petit portail blanc. Elle me lance un regard interrogateur auquel je m'empresse de répondre.

« Peut-être… c'est possible… c'est la seule ouverte, de toute façon… Alors il aurait loué au père Bonhomme ?… »

Linette est fascinée de découvrir enfin la maison de celui qu'elle ne connaît que pour l'avoir croisé chaque été, quand il nous livre ses coquillages et crustacés.

Je continue de penser tout haut et me demande comment notre inconnu a pu débusquer cette maison-là en particulier, que seuls les îliens connaissent bien. A moins d'être un familier du propriétaire, ce genre de bourrine n'apparaît jamais sur les listes des locations, et moins encore en cette saison.

En tout cas, l'occupant semble plutôt absent.

Le père Bonhomme, pour les vacanciers venus du continent, c'est d'abord un patronyme auquel on ne croit pas car on sait bien que, dans la région, les surnoms sont légion. Il y a le Simple, Rackham le Rouge, Pédale et Guidon, le Baveux, le Menteur, Framboise, Picotin, le Zak, Lulu la moule, Juju la patate, Souricette, Ritonneau, Cap'taine Crochet, Patrick le Pêcheux, le Grand Coco, Hercule, Shrek, Boubou… et bien d'autres encore.

C'est pourquoi Linette a pensé tout naturellement, dès son plus jeune âge, que tous ceux qui portaient casquette et caban bleu marine sur un pantalon de grosse toile rouge délavée, comme notre vieux pêcheur, étaient des pères Bonhomme ! Il nous a fallu quelques années pour lui faire comprendre que celui de la bourrine au toit de chaume de la dune du Vieil s'appelle réellement Bonhomme, Guerland de son prénom. Apparemment aucun lien de parenté direct avec celui de mes mots fléchés préférés, Alain Bonhomme.

Comment « l'homme en noir » connaissait-il « notre » père Bonhomme au point qu'il lui ait laissé sa maison ?

« On avance, Miette ? Y a personne, ici ! » me hurle Linette.

Oui, Linette, avançons…

34

Enchantée… Miette !

C'est trop cool, le soleil en hiver ! En faisant du VTT dans les dunes, j'ai l'impression de prendre des réserves d'air pour toute l'année !

Par contre, je suis un peu déçue. J'imaginais la maison du père Bonhomme beaucoup plus grande. Elle est minuscule ! Mais j'aime bien son toit de chaume et le jardin rempli de ces roses trémières qu'on voit un peu partout sur l'île.

Quand j'étais petite, j'appelais ces fleurs à très haute tige les « roses de la crémière » et je ne comprenais pas trop pourquoi la marchande de fromages faisait pousser des fleurs qu'elle ne vendait jamais !

Et nous revoilà sur nos vélos, Miette sur ce qu'elle appelle son « bicloun » et moi sur mon VTT jaune. Elle est toujours un peu à la traîne avec sa vieille bécane noire et, pour l'attendre, je fais du tout-terrain dans les bosses de la dune, ça m'éclate vraiment trop !

On commence à désespérer d'avoir la chance de croiser notre homme. Il faut dire qu'on s'en est raconté des vertes et des pas mûres à son sujet. Miette m'a même plombé le moral grave quand elle s'est mis dans la tête qu'il voulait peut-être acheter notre maison. Il aurait un sacré culot, quand même. D'abord, elle est pas à vendre. Et toc !

Le sable est trop humide sur la plage et Miette, avec son vélo genre 1900, n'arrive plus à pédaler. Alors on décide de continuer à pied pour faire le tour des rochers qui nous amèneront jusqu'à l'Anse rouge.

Et c'est là qu'il va se passer un truc inattendu.

On voit bien le labrador noir qui dévale la pente en fonçant droit sur nous, en même temps qu'on entend une voix au loin qui appelle… Mais on ne comprend pas ce qu'elle dit, à cause des vents contraires.

Je ne peux pas m'empêcher de hurler en levant les deux bras en signe de victoire.

« Yessss, yessss ! C'est lui, Miette ! Bordel, j'suis sûre que c'est lui ! »

Miette me fait signe de me taire tandis que le labrador déboule pour nous faire la fête, avec son morceau de bois dans la gueule, apparemment très content de rencontrer enfin quelqu'un d'autre que son maître.

Un maître qu'on entend mais qu'on ne voit toujours pas.

Du coup, je m'installe sur le sable pour jouer avec le chien. Miette reste debout à côté, toute échevelée, les deux mains posées sur son guidon, à nous observer en souriant.

« Salut, toi !… T'es beau, toi, tu sais… Oui, oui… là… il est beau, le chien… Ah, arrête, j'ai le nez tout mouillé avec tes léchouilles ! Tu veux me donner ton bâton ? Allez… apporte… apporte… »

C'est à peu près tout ce que je connais du langage des chiens, mais je continue quand même.

« Comment tu t'appelles, toi ?… Tu vas pas me mordre, hein ? Là… là… Couché, le chien !… T'es gentil, au moins ?… »

Miette me rassure aussitôt en m'informant que les labradors sont les chiens les plus affectueux de la terre. Du coup, j'insiste.

« Il est où, ton maître, hein ?… Il est où ? »

Le chien a posé le bâton à mes pieds et s'est mis sur le dos pour se faire caresser.

« Oh, Miette, regarde ! C'est trop cool… Le chien est une chienne ! »

Miette sourit devant mon regard étonné.

« Pourquoi, Linette ? Tu crois que tous les labradors sont des mâles ?… En tout cas, tu as l'air de lui plaire ! »

Et là, tout se précipite.

« Miette, ici ! Miette, au pied ! »

Trop occupées à gratouiller chacune à notre tour le ventre de la demoiselle, nous n'avons pas tout de suite entendu la voix, encore lointaine au début, puis de plus en plus claire et distincte.

« Désolé, Mesdames… Miette, ici ! Tout de suite ! Miette… Au pied ! »

Miette me regarde, je la regarde, on regarde la chienne, on comprend plus rien…

Alors que l'homme en noir surgit du haut de la dune en continuant d'appeler « Miette, Miette ! », la chienne bondit sur ses pattes pour repartir à toute vitesse vers son maître. L'homme escalade maintenant les rochers, les ailes de son long manteau noir déployées, tel

Matrix-le-Retour ou Johnny au parc des Princes, que Miette m'a emmené voir avec Moune quand il y a fêté ses soixante ans.

J'oublierai jamais le regard top ahuri de ma grand-mère.

« Tu le crois ça, Linette… Tu le crois ?… C'est pas moi qu'il appelle… C'est… le chien ! Linette ?… Tu le crois, ça ? C'est le chien ! Tu le crois ! »

Elle qui, d'habitude, en cas d'urgence, s'en sort toujours avec une belle phrase bien adaptée aux circonstances, la voilà qui cherche ses mots ! Du coup je trouve pas grand-chose d'original à répondre.

« Euh… Bah oui, Miette, c'est le chien… »

Et me voilà partie dans un fou rire, manifestement communicatif puisque, dans la foulée, Miette, la mienne, se laisse carrément tomber à côté de moi en même temps que son vélo et se met, elle aussi, à rire comme une tordue.

Du coup, voyant qu'on se roule par terre, Miette-la-chienne nous rejoint en cavalant, et Miette-la-mienne de rire de plus belle en tendant la main pour se présenter à l'animal.

« Chère Miette… enchantée, le chien ! Moi, c'est Miette… Allez… Donne la patte à Miette, Miette ! »

Et la chienne Miette donne sa patte à Dame-Miette qui n'en peut plus de rire, tournant le dos à Super-Matrix qui vient de s'arrêter à deux pas de nous, tout sourire, et regard « on-ne-sait-pas » pour cause de lunettes noires.

« Je suis navré, vraiment… Miette ! Assise ! Au pied ! »

Le labrador fait mine de ne rien entendre et réclame de nouveaux câlins. La patte toujours en l'air, il gratte le bas du pantalon de Miette hilare, qui se relève en reprenant lentement son souffle tandis que je m'empresse de la débarrasser, en la frottant dans tous les sens, du sable resté collé sur son jean, sa parka et jusque dans ses cheveux en bataille.

Rien qu'à l'idée que Miette puisse se présenter à l'homme en noir sous son surnom et toute ensablée, j'ai une pensée émue pour mes copains de lycée qui trouvent que « vraiment, ta grand-mère, c'est la superclasse »… Et j'ai du mal à réprimer le nouveau fou rire qui me vient.

Miette esquisse dignement un vague mouvement de remise en place de sa coiffure, en vain. Et la voilà qui, le plus élégamment du monde, fait glisser lentement le gant de sa main droite, à la manière de Rita Hayworth dans *Gilda*, un vieux film en noir et blanc qu'elle adore et que j'ai dû me farcir trois fois ; puis c'est au tour des lunettes de soleil qu'elle retire de sa main gauche, en prenant tout son temps, et c'est alors seulement qu'elle prend la parole :

« Cher Monsieur, je me permets de me présenter… On m'appelle Miette ! »

J'aurais dû parier trois sachets de Dragibus !

L'homme a aussitôt un mouvement de recul. Genre surpris, quoi ! Il pense sûrement qu'on lui fait un joke.

Et Miette, ravie de son effet, insiste en laissant sa main tendue…

« Si, si… Je vous assure… C'est mon vrai surnom ! »

Matrix est transformé en statue d'ébène.

Et Miette d'en rajouter en éclatant à nouveau de rire.

« Mais ce n'est pas grave, vous savez, ce sont des choses qui arrivent ! »

L'homme avance sa main, l'air grave.

« Mais on vous appelle sûrement autrement ? »

Le chien, tout comme moi, ne bouge plus. Je sens, à ce moment précis, qu'il se passe quelque chose d'autre, comme un truc qui échapperait d'un seul coup à tout le monde.

Cette belle voix reconnaissable entre mille, celle du marché… voilà qu'elle tremble ! Celle qui m'a si bien raconté l'histoire de la noix de muscade… Mais oui, c'est ça, elle tremble vraiment !

Et Miette qui ne répond toujours pas tandis que l'homme maintient sa main dans la sienne.

C'est le coup de foudre, ou quoi ?

Et il insiste, en plus !

« Oui… vous avez sûrement un prénom et un nom ? »

Tu parles, Charles ! Evidemment, qu'elle a un prénom et un nom ! Et plutôt deux fois qu'une ! Miette a même repris son nom de jeune fille après la mort de Blaise, et comme elle n'a pas voulu qu'il reconnaisse mon père, on s'appelle tous Amaury dans la famille. Alors Mamiette, qu'est-ce que tu glandouilles ?

« Bien sûr, cher monsieur… Mamie Mariette… euh… pardon… Mariette… Mariette Amaury. Enchantée. Et… sans vous obliger… vous, c'est comment ? »

Miette a retrouvé ce ton très XVIe dont elle use sans s'en rendre compte dès qu'elle est face à des inconnus.

Je vois bien qu'elle piaffe d'impatience d'entendre enfin le nom du mystérieux ange noir de notre plage.

J'en peux plus, moi non plus !

Alors, d'un geste lent, l'homme retire son bonnet et ses lunettes noires, découvrant « des yeux plus bleus que le bleu du ciel quand il est bien bleu »…

« Bertrand… Bertrand de Grandvilliers… Bertrand Bonhomme de Grandvilliers. »

35

Bertrand

Ma chère, ma douce, ma belle Linette, tu es mon soleil, l'éclaircie de ma troisième vie, mon talisman, le plus grand de tous mes bonheurs !

Il a fallu du temps avant que tu comprennes bien tout et il nous faudra plus qu'une soirée et un trajet de retour vers Paris pour ce qu'on n'a pas eu le temps de se dire encore.

Et pour que tu fasses enfin vraiment connaissance avec ton grand-père, Bertrand.

Sur le moment, je me suis refusée à y croire.

Cette voix grave qui m'en rappelait une autre, plus jeune, plus claire. Ce prénom, synonyme de mon plus bel amour de jeunesse, et mon fils, si loin… Il n'était pas question de faire machine arrière dans ma tête pour y remuer encore ces souvenirs douloureux.

Mais ce regard expressif et profond, la couleur de ces yeux, deux éléments immuables chez les êtres humains, cette allure, aussi…

Un ultime doute s'est installé dans mon esprit, avant de faire place à toutes les certitudes lorsque l'homme a ajouté :

« Oui, Mariette, c'est moi, Bertrand. Souviens-toi, je t'avais juré qu'un jour on se retrouverait. »

Quand j'ai dit à Linette : « Je te présente Bertrand, ton grand-père », j'ai cru qu'elle allait défaillir. Mais elle n'en a pas eu le loisir, car c'est Bertrand qu'il nous a fallu soutenir quand, au même instant, il a reçu la double information de sa paternité et de sa « grand-paternité ». Il s'est affalé sur les genoux, dans le sable.

Seule Miette-la-chienne semblait conserver toutes ses facultés et faisait la ronde autour de nous, en arborant fièrement le bonnet de laine de son maître en travers de la gueule.

Un quart d'heure plus tard, nous étions attablés tous les trois devant un bon chocolat chaud dans la maison du père Bonhomme ; c'est ainsi que j'ai récupéré petit à petit tous les morceaux qui manquaient au puzzle de mon passé.

J'ignorais que la mère de Bertrand s'appelait Bonhomme de son nom de jeune fille, nom plus que répandu dans la région à commencer par le port éponyme situé à mi-chemin entre le grand pont et le centre-ville. J'ignorais encore plus que cette femme avait un frère de quinze ans son cadet, et je n'avais donc aucune raison de faire quelque relation que ce soit entre elle et notre fournisseur en coquillages !

Tandis que Linette s'affairait à remettre des bûches dans la cheminée monumentale, trop heureuse d'avoir hérité dans la même journée d'un grand-père et d'une chienne qui portait mon surnom, j'apprenais aussi que, par l'intermédiaire de ses parents restés en contact avec son jeune oncle, il avait été tenu informé, durant ses premières années d'exil forcé, de ce qui se passait de nouveau sur notre île.

C'est de cette façon qu'il avait appris, en 1968, que la grande maison des Souzeaux avait fini par être vendue à un certain Blaise Duvernoy, devenu pour tous « monsieur Blaise ». Mais à aucun moment Bertrand n'avait pensé à établir un rapprochement avec moi.

N'ayant plus jamais reçu de mes nouvelles et imaginant ma déception après son brusque départ vers la Nouvelle-Calédonie, il lui avait paru bien naturel que je l'aie définitivement rayé de mon passé.

Il avait compris également, trop tard, que sa mère n'avait jamais communiqué à la mienne leurs nouvelles coordonnées dans l'océan Pacifique, comme elle avait pourtant assuré l'avoir fait.

Il faut dire que la famille Grandvilliers était de souche noble, contrairement à la nôtre plutôt prolétarienne, et sa mère, bien qu'apparemment chaleureuse et d'origine modeste elle aussi, voyait d'un très mauvais œil cette relation qui la ramenait sans doute vers un monde avec lequel elle avait pris de la distance. Ce voyage était pour elle une aubaine.

« Paix à leur âme », ajouta Bertrand en apprenant de ma bouche le décès de mes parents après qu'il m'eut informée de celui des siens.

Linette venait de s'installer sur mes genoux, fascinée par ce récit pour le moins insolite, désireuse de poser ses propres questions.

« Mais pourquoi t'as fait le mort depuis si longtemps ? T'es marié ? T'as des enfants ? Des petits-enfants ? Pourquoi t'es revenu ? T'es arrivé quand ? C'est ta couleur naturelle tes cheveux si blancs ? »

Linette n'en pouvait plus de vouloir tout savoir.

Et Bertrand de poursuivre en avouant que, oui, c'était sa couleur naturelle, et que, c'est vrai, il s'était senti tellement honteux d'être parti si précipitamment qu'il n'avait pas osé se manifester et comptait sur Miette pour lui écrire puisque sa mère était censée lui avoir envoyé leur nouvelle adresse.

Mais la Nouvelle-Calédonie est au bout du monde, sans parler du temps, de la distance, de l'emménagement à Nouméa, des études de chimiste… Cinq années pendant lesquelles l'image de Mariette était restée gravée dans sa mémoire… jusqu'à ce qu'il rencontre Maïna qu'il avait épousée dans les années soixante-dix.

Malheureusement, celle-ci ne pouvait pas lui donner d'enfant. Leur mariage dura malgré tout quinze ans, le temps pour Bertrand de créer sa propre entreprise dans le domaine de la recherche scientifique, jusqu'aux graves événements de 1985 où les Grandvilliers furent à nouveau contraints de partir.

Sans Maïna qui refusa de quitter l'île dont elle était originaire.

Direction le Canada, pour s'installer à Montréal.

Linette, qui ne tenait plus en place, s'était maintenant agenouillée par terre, le menton posé dans ses bras croisés sur la table, juste sous le nez de Bertrand qui la fascinait. Ses yeux brillaient intensément.

« Bah, alors t'as vu mon père, là-bas ? Enfin… j'veux dire… ton fils ? »

Je n'avais pas encore eu le loisir de préciser à Bertrand si son enfant était une fille ou un garçon ni que ce dernier vivait au Québec depuis dix ans.

Cette fois, c'en était trop pour lui. Il y eut un long silence pendant lequel les beaux yeux bleus s'étaient voilés.

J'entrepris de raconter la naissance de Bertrand junior, l'arrivée de Blaise dans ma vie, mai 1968 avec l'achat de la maison, la prof de français que j'étais devenue, le décès de Blaise, le mariage de notre fils avec Moune, la naissance de Linette, les travaux de Juan et son départ en Harley Davidson, suivi de celui de Bertrand, et notre vie presque trop tranquille entre filles jusqu'à ce jour…

Bertrand n'avait d'yeux que pour Linette et caressait d'une main ses blonds cheveux tandis qu'il posait l'autre sur la mienne, tout en continuant son récit d'une voix douce :

« Alors j'ai décidé de prendre une retraite anticipée quand mon père est décédé. Je me suis dit : "Tu as soixante-deux ans, tu n'as plus de parents qui t'obligent à rester près d'eux, tu n'as pas de problème de santé, qu'est-ce que tu vas faire de ta vie, maintenant ?"

» La première idée qui m'est venue fut qu'avant toute chose il me fallait coûte que coûte retrouver Mariette. Pourquoi, même après tant d'années, revenir sur cet amour interrompu en partie par ma faute ? Je ne sais pas. Il y avait une espèce de force incroyable qui me poussait à revenir vers toi. La peur de vieillir sans t'avoir revue, peut-être. Mais surtout ce sentiment que ta vie, Mariette, et la mienne étaient inéluctablement liées et que nous n'avions pas été au bout de quelque chose d'essentiel pour l'un comme pour l'autre.

» J'ai donc mis la maison de Montréal en location, et me suis trouvé un confortable appartement à Saint-

Cloud grâce à l'argent que mon père m'avait légué. Puis j'ai averti l'oncle Bonhomme de mon désir de venir passer quelques jours ici. Sans hésiter, il m'a proposé de me prêter sa maison pendant un mois, le temps de son séjour aux Antilles, et me voilà !

» Mon premier réflexe, en arrivant sur l'île, a été de prendre cette habitude de me rendre chaque jour sur la plage de l'Anse rouge, puis sur celle des Souzeaux. A la recherche de je ne savais quoi.

» C'est pourquoi vous avez dû m'apercevoir souvent pendant ma promenade quotidienne avec Miette, juste sous vos fenêtres.

» Quand je me suis aperçu que ma maison, enfin… ta maison, je suppose, Miette, était soudain ouverte, ma seule pensée fut alors d'entrer en contact avec ses occupants. Mon but était de solliciter une visite des lieux, juste histoire de raviver certains de mes beaux souvenirs.

» Le vieux Marcel que j'ai croisé, tu te souviens, Mariette, celui qu'on surnommait le "capitaine Crochet", m'a dit qu'elle était occupée surtout l'été, et depuis très longtemps, par celle que tout le monde connaît ici sous le nom de "Mme Blaise". J'en ai donc déduit que c'était sans doute cette même Mme Blaise qui faisait un séjour hivernal avec sa petite-fille. Mais je n'ai pas eu le courage de sonner au portail. Tout comme je n'ai pas osé demander de renseignements au patron du Café Noir, trop jeune pour m'avoir connu adolescent. »

Linette lui rappela en riant l'épisode du marché et l'histoire de la noix de muscade.

« Oui, je m'en souviens parfaitement, parce que des cheveux et des yeux comme les tiens, Angeline, il n'y en a pas pléthore… ! »

Linette ne sait pas ce que « pléthore » signifie, mais le sourire dont il la gratifia en lui caressant à nouveau les cheveux la fit fondre littéralement.

Elle crut bon d'ajouter, avec la spontanéité qui la caractérise :

« Bah, je me suis même dit que, si cet homme-là avait un petit-fils, j'aurais bien aimé qu'il me le présente… »

Bertrand et moi avons éclaté de rire tandis qu'il ajoutait tendrement :

« Désolé ! Il n'a qu'une petite-fille ! » tout en continuant son récit.

« J'ai bien songé à me renseigner auprès du camping de l'Herbaudière où je te raccompagnais le soir, Miette, durant nos vacances, pensant retrouver ne serait-ce que le nom d'Amaury inscrit dans un vieux registre, mais les campings sont encore fermés à cette période de l'année.

» Alors, j'ai décidé d'errer au hasard des plages et des sentiers des marais, misant sur le destin qui mettrait peut-être un indice ou quelqu'un sur mon chemin. Je croyais en l'idée d'une chance, même infime, d'avoir de tes nouvelles, voire de te retrouver. Mais je n'avais même pas de photo ; la plus récente que j'ai de toi est celle que j'ai toujours conservée sur moi, quand tu venais d'avoir dix-huit ans, Mariette. »

C'est ce à quoi il pensait quand il nous a reconnues sur la plage du Vieil, se disant que les occupantes de la maison des Souzeaux de son enfance pourraient certainement le renseigner puisqu'elles semblaient des habituées de l'île et occupaient son ancienne demeure familiale.

Et nous voilà tous les trois, à la nuit tombante, à égrener sans se lasser nos souvenirs.

« Oh ! C'est trop beau, cette histoire… C'est carrément trop top !… Le top du top… On se croirait dans un des films qu'on kiffe bien, genre *Une bouteille à la mer* avec Barbra Streisand et Nick Nolte, tu trouves pas, Miette ? »

Je suis d'accord avec Angeline, à la différence près que le film d'aujourd'hui, c'est celui de notre vie. Alors je ne veux pas pleurer parce que, pour une fois, je ne connais ni la suite ni la fin et, a priori, il semble que ni l'une ni l'autre ne s'annoncent forcément tristes…

36

Coucou, Vanessa… C'est moi !

« Allô, Vaness, c'est moi… Bah oui, quoi… Moi !… Ouais… Angel… Tu me calcules plus, ou quoi ?… Bah ouais, j'me disais : "Ça y est, elle m'a zappée !" Ouais, ouais, on est rentrées… Non, non, là j'peux pas te raconter, il nous faudrait au moins trois jours… Ouais, demain si tu veux… Mais on se rappelle, j'peux pas te dire tout de suite pour l'heure, c'est trop le bordel à la maison, tu peux pas savoir… Si, si, j'te dirai… Ouais ouais, je sais… Heureusement que Moune t'a prévenue… Bah non, j'avais plus droit au portable… Bah ouais, dur dur au début, mais après, tranquillos… Oh, tu peux pas savoir, c'était trop délire, j'te raconterai tout ça, tu vas halluciner ! Ouais… Ouais… Ouais… Bah, il faut absolument que j'te laisse… Ouais, désolée mais on est hyperbookées, là… Ouais… Alors à demain… Bizouille… Ouais… Bizouille… Ouais… Bzzz… »

Je suis très fière d'avoir convaincu Bertrand d'abandonner sa voiture de location pour faire avec nous le trajet du retour vers Paris. Trop peur que Miette le perde encore !

Avant de partir, on a déjeuné, comme il se doit, à la crêperie de la plage des Dames, où tout le monde est tombé d'accord sur le même dessert : une crêpe banane-chocolat !

J'en ai profité pour récupérer mon portable et celui de Miette. J'ai même pas eu envie de le rallumer tout de suite. Attendre le plus tard possible pour revenir à la vie « normale ».

J'étais bien installée, là, sur la banquette arrière de l'Audi TT. Miette-la-chienne s'est endormie dès qu'on a passé le grand pont, le museau posé sur mes genoux. J'ai même pas demandé à ma grand-mère de se brancher sur ma radio préférée, ni de passer par le passage du Gois.

J'avais le cœur trop plein des jolis moments qu'on a passés sur notre île et j'ai préféré les faire défiler encore dans ma tête pour surtout ne rien oublier.

Papy Bertrand a conduit durant presque tout le voyage, il a laissé le volant à Miette seulement en arrivant près de Paris.

Il nous a promis de ne plus jamais nous quitter et que, peut-être, il nous ferait une belle surprise pour mes quinze ans…

Je suis quand même contente d'avoir retrouvé ma chambre d'adolescente, mais ça m'a fait bizarre dès que j'ai allumé la lumière… un peu comme si j'avais grandi d'un seul coup !

En faisant le tour de mes peluches et de tout mon bazar, mes posters, mon couvre-lit du *Grand Bleu*, j'ai trouvé que tout ça me semblait loin, comme si j'étais partie il y a très longtemps, et pourtant il y a une semaine, je me sentais bien, ici…

Mais là, j'ai une envie de murs blancs, d'un nouveau décor plus dépouillé, plus sobre, plus doux. Aménager un nouvel espace pour mes futurs souvenirs. Voilà ce que j'aimerais pour mes quinze ans.

Tiens, je vais déjà décrocher tous mes posters pendant que Miette et Bertrand ont commencé à raconter leurs retrouvailles à Moune. J'entends leurs éclats de rire dans le salon.

Mais c'est quoi, cette belle surprise que Bertrand m'a promise ?

37

Happy birthday !

Avoir quinze ans dans ces conditions-là, je recommence demain et je jette rien !

Je vous raconterai pas la teuf d'enfer qu'on a faite à la maison avec tous les potes du lycée. Evidemment, Vaness, Steph et Malik étaient là, mais y avait aussi Thibault, Marjorie, Caro, Benji, Karen, Juju, Seb, Romain, Jess, Victor, Clem, Justine et Marie-Ange.

Mais le top « incredibeul », c'est qu'on a dansé avec Moune et Geoffrey, le nouveau copain de ma mère, hypersympa et drôle, avec Farid et Sophie, venus tout exprès de Tunisie, mais aussi avec Miette et Papy Bouche ! Ah oui, j'allais oublier… c'est le surnom que j'ai donné à Bertrand. Ne me demandez pas pourquoi, j'en sais rien. C'est venu comme ça, en me réveillant un matin !

Au début, la famille voulait aller au cinoche pendant qu'on ferait la teuf à la maison, entre jeunes, mais j'ai tellement raconté mes vacances à mes copains qu'ils ont tous insisté pour que ma famille recomposée soit de la partie ! Et on s'est encore éclatés. On en a même oublié le Coca et descendu les six bouteilles de champagne qu'avait apportées Papy Bouche !

Pour pas être en reste, Miette avait ressorti toutes les compils CD des tubes de ses années soixante. Du coup, elle nous a appris à danser le twist, le madison, le hully gully et je sais plus quoi de l'époque… Tout ce que je sais, c'est qu'on s'est superéclatés ! De rire, aussi, car vous verriez Steph dansant le twist avec ma grand-mère, ça fait partie des grands moments !

Sans compter celui du gâteau !

Je crois que celui-là restera gravé dans ma mémoire jusqu'à la fin de ma vie. J'espère seulement avoir l'occasion de raconter tout ça un jour, quand j'emmènerai mon petit-fils ou ma petite-fille en vacances pendant une semaine à Noirmoutier…

En regardant Steph danser, je me demandais si plus tard j'aurais envie de faire un enfant avec lui… Depuis quelque temps, il est couvert de boutons sur la figure, alors que les miens ont disparu, alors je le trouve moins canon qu'avant. Et puis, faut dire que, à Noirmoutier, il y a Nicolas qui me regarde tout le temps d'une drôle de façon… Et Nicolas, on dirait un peu Brad Pitt jeune, mais en brun. Enfin, on verra bien…

Comme pour me sortir de mes pensées, la lumière s'est éteinte et Miette a apporté l'énorme gâteau garni de quinze fusées scintillantes pendant que tout le monde me chantait le *Happy birthday* de Stevie Wonder. Jusque-là, rien de plus normal. Je soufflais mes quinze bougies sous les applaudissements quand Papy Bouche a demandé la parole sur un ton cérémonieux. Il portait un plateau sur lequel était posée une grande enveloppe entourée de pétales de roses, où il était écrit en gros : ANGELINE 15.

« Ma chère Angeline… Ma chère petite-fille… »

Ça commençait grave de chez grave et tout le monde était déjà mort de rire, mais ça n'a pas gêné mon grand-père. Il a continué.

« En ce jour béni des dieux, je suis heureux de t'offrir ce modeste cadeau. J'espère qu'il te fera plaisir et que ce n'est que le premier d'une longue série que j'aurai la joie de t'offrir à nouveau… On ne se connaît pas encore très bien, mais je tiens à dire, devant tes amis et ta famille, que, jusqu'à ce jour, Miette et toi êtes les plus belles choses qui me soient arrivées dans la vie, et je m'engage aujourd'hui à vous donner tout l'amour que je n'ai pu vous témoigner durant ces trop longues années. Je t'aime, Linette… Et toi, Miette, je voudrais que tu saches que tu as toujours été présente dans mon cœur, à chaque instant, même pendant tout ce temps passé loin de toi, et mon vœu le plus cher, aujourd'hui, est que tu dises "oui" à la question que j'aimerais te poser maintenant. »

Le silence… ! Je vous raconte pas le silence !

Et avant même que Papy Bouche ait pu poser sa question, Miette lui a sauté au cou :

« C'est oui, Bertrand ! Mille fois oui !!! »

Alors là, c'était la meilleure ! J'allais donc assister un jour prochain au mariage de ma grand-mère et de mon grand-père ! Ils sont tous devenus barjos, dans cette famille !

Après qu'on a épuisé tout le rouleau de Sopalin pour essuyer nos larmes, on s'est embrassés comme si c'était le jour de l'an, les copains et Miette, Moune et Papy Bouche, moi et Geoffrey… Et, du coup, Steph m'a roulé une galoche sans que ça gêne personne ! Sauf moi, à cause des boutons…

« Le cadeau, le cadeau, le cadeau ! »

Maintenant, tout le monde était impatient de voir ce qu'il y avait dans la fameuse enveloppe. Alors, bien que hyperémue comme jamais je l'avais été, j'ai pris le temps de savourer à fond le moment. J'ai fait comme si on était à la cérémonie des Oscars ou des Césars : j'ai décacheté lentement l'enveloppe… Et là, dit avec un ton grave de chez grave, j'ai entendu :

« *… and the winner is…* »

Et voilà ! Vaness a pas pu s'empêcher de la ramener, comme d'hab !

A l'intérieur, j'ai trouvé une carte qui me rappelait bien des choses : un paysage de neige. Sur le coup, je me suis dit que j'avais déjà reçu l'enveloppe annuelle de mon père deux jours avant la fête, avec les 200 dollars US et le message habituel, et toujours ce même paysage… Plus qu'intriguée, j'ai ouvert la carte et j'ai lu.

« Les 200 dollars pour Noël et les anniversaires, c'était moi, Linette. J'espère que tu voudras bien me pardonner ce pieux mensonge. Aujourd'hui, Papy Bouche et moi sommes heureux de t'offrir un séjour à Québec pour les prochaines fêtes de Pâques. Si cela ne t'ennuie pas, nous serons aussi du voyage, car j'ai quand même l'adresse de ton papa, et puis j'ai encore tant de choses à te dire… Ah, j'oubliais… Tu as aussi un demi-frère qui s'appelle Blaise.

Merci pour tout l'amour que tu m'as donné et pour mes quinze ans retrouvés.

Je t'aime.

Mémé ! »

Epilogue

Le grand chambardement

Dans cette famille, il ne sera désormais plus jamais question de vivre une vie dite « ordinaire » !

Les douze mois écoulés en sont l'exemple concret.

Une année qui en vaudrait dix. Riche en nouveautés, bouleversements et émotions en tous genres.

D'abord, le grand déménagement.

Bertrand, sentant qu'Angeline serait amenée tôt ou tard à poursuivre ses études dans la capitale, a préféré prendre les devants. Il a eu l'excellente idée d'installer toute la famille dans un seul et même endroit : un vieil hôtel particulier avec « travaux à prévoir », qu'il a su dénicher en plein cœur de Neuilly et dans lequel chacun a pu établir son camp de base.

C'est ainsi que, à ce jour, du haut de ses seize ans rayonnants, Angeline domine la situation depuis son mini-loft aménagé dans le grenier, sous les toits. Moune et Geoffrey, son compagnon, sont installés juste au-dessous, dans un douillet quatre pièces.

En descendant d'un étage, on trouve le « coin travail » associé à « l'espace loisirs ». A gauche, le bureau de Bertrand jouxte le mien. La seule originalité réside dans les deux appliques lumineuses que Bertrand a fait installer au-dessus de chaque porte. Ainsi, lorsque je suis occupée à travailler, je fais passer la lumière au rouge. Il en est de même pour Bertrand. Il est bon de préciser que nous avons une légère tendance à laisser le feu au vert…

Sur le même palier, juste en face, on a abattu une cloison pour créer un grand salon avec, d'un côté, le billard-bibliothèque, et, de l'autre, l'espace home vidéo, large sofa en U face à un grand écran, pour pouvoir profiter en famille de notre passion commune pour le cinéma.

En arrivant au rez-de-chaussée, on a presque la sensation de se retrouver sur notre île. Le salon, souvent éclairé par la lumière naturelle du jour, est immense et semble encore plus vaste avec son parquet blanc. Blancs aussi, les murs, les rideaux, le canapé et les meubles en bois peint. Ça et là, quelques touches discrètes de bleu-charrette lui donnent ce petit air de *Côté Ouest* qui nous est cher à tous.

Une double baie vitrée ouvre sur un jardinet abrité des regards indiscrets par un haut mur de pierre habillé de lierre et de quelques roses trémières, ramenées en pot de Noirmoutier, qui semblent s'être accommodées, tout comme nous, du climat francilien.

Un long comptoir en teck, planté sur une structure de bois flotté, sépare la partie réception de la cuisine-salle à manger.

Une suite parentale, la nôtre, et deux chambres d'amis viennent compléter le confort de notre nouveau logis.

Mais la réalisation de ce complexe familial n'a pas été si simple.

Moune a dû vendre la maison de sa trop lointaine banlieue, et Geoffrey l'appartement qu'il occupait sous les toits de Montmartre.

Puis ce fut mon tour de me séparer, sans états d'âme, de mon petit duplex bourgeois, et Bertrand vendit sa maison du Mont-Royal, à Montréal, et son appartement de Saint-Cloud.

Si le bonheur devait avoir aujourd'hui un visage, ce serait sans doute celui de cette folle tribu, enfin réunie et sereine. Ne manque que celle de Berty junior, restée outre-Atlantique pour quelque temps encore.

Et pour cause…

Mais, pour comprendre, il me faut revenir quelques années en arrière.

***

Ma cavale au Canada

Après le départ de Berty avec son hôtesse de l'air, mes sentiments furent très partagés.

D'abord, la colère de la mère blessée au plus profond de son orgueil par l'inconséquence de l'homme qu'elle avait engendré. Découvrir son propre fils capable, du jour au lendemain, de mettre une croix sur tout un passé, d'abandonner mère, femme et enfant, de sacrifier une vie de famille… J'avais honte de cet homme issu de mon sang.

Par réaction, dans un premier temps, je décidai de choisir mon camp, moi aussi, et malgré ma douleur, en me considérant solidaire et redevable envers Moune et Linette. Je m'auto-missionnai. Il m'apparaissait essentiel de poursuivre la tâche entreprise par ce pauvre écervelé, victime d'un retour d'adolescence.

Ensuite, nous avons erré dans un *no man's land* fait de tout et de rien. Les doutes, la peine, les aigreurs, les dépressions, des jours en dents de scie, nous apprenions, Moune et moi, la pratique du spleen en alternance.

Linette préférait éluder la question en se réfugiant dans le monde de ses Barbies qu'elle se mit à gronder de temps à autre, comme pour nous faire comprendre que rien n'était simple pour elle non plus, mais que la Terre pouvait peut-être continuer de tourner sans ce père désormais absent, dont elle prit soin d'éviter de nous parler.

Puis, petit à petit, le quotidien reprit le dessus et nous avons fini par décréter de concert que la vie valait quand même la peine d'être vécue, à condition de la prendre à bras-le-corps.

Quand rien ne va plus, le premier réflexe d'une femme, pour éviter de sombrer dans la déprime, est soit de changer de couleur de cheveux, de coiffure, soit de look vestimentaire. Nous sommes donc entrées dans la période du n'importe quoi, Moune et moi, passant du brun au roux pour moi, du blond au brun pour elle. Du cheveu raide à la minivague pour moi, de la coupe longue à celle à la garçonne pour Moune. Nous avons ensuite entrepris de renouveler nos garde-robes respectives et sommes entrées dans une phase de frénésie d'achats vestimentaires.

Il ne restait plus qu'à se soucier de l'entretien de notre corps.

Moune, plus courageuse que moi, entreprit des séances quotidiennes de gym tandis que je me penchais sérieusement sur tous les documents qui pouvaient avoir trait aux cures de thalassothérapie. C'est à cette époque que j'optai rapidement pour la Tunisie.

Un an et trois thalassos après le départ de Berty, celui-ci consentit enfin à me donner quelques nouvelles. Je reçus une très longue lettre qui me bouleversa.

Après avoir miraculeusement échappé à la mort dans un accident de voiture, mon fils se trouvait immobilisé dans un fauteuil roulant, une partie de son visage partiellement paralysée.

Dans sa lettre, il me suppliait de n'en souffler mot à quiconque, surtout pas à Angeline et à Moune, préférant qu'elles gardent le souvenir intact de l'homme qu'elles avaient connu, quitte à ce que Linette reste persuadée que son père l'avait abandonnée. Tout plutôt que de le savoir ou le revoir ainsi diminué.

Il me demandait de lui pardonner sa période d'insouciance et la légèreté de ses actes passés, souhaitait recevoir au plus tôt des nouvelles d'Angeline, et me suppliait de ne rien tenter pour aller vers lui tant que son état ne s'améliorerait pas.

Le ton se voulait plus rassurant quand il m'affirmait que les médecins restaient optimistes, que son hémiplégie pourrait n'être que provisoire. Il me faudrait « simplement » faire preuve de courage et de patience pendant qu'il affronterait une longue période de rééducation.

Simplement ? Comment peut-on être simplement courageux et patient après un tel drame ?

Je me surprenais soudain à détester la vie, les médecins et tout ce qui semblait heureux et bien portant autour de moi. J'en voulais aussi malgré moi à Berty, me disant que, peut-être, s'il était resté près de nous, ce stupide accident ne serait jamais arrivé.

Je ne savais même plus si c'était le trop-plein accumulé de peine ou de colère qui me faisait si mal à l'intérieur. Et c'est avec au cœur cette douleur indéfinissable, et après bien des hésitations et des nuits sans sommeil, que, pour ne pas contrarier Berty dans ces moments difficiles, je consentis à contrecœur à respecter sa volonté : je prendrais soin, en ses lieu et place, d'Angeline, l'être qu'il chérissait plus que tout au monde. Même bancal. Même à moitié.

Malgré les circonstances, j'esquissai un demi-sourire et me dis que, fort heureusement, je n'avais pas attendu ses recommandations pour prendre le relais auprès de l'intéressée.

J'ai tenu ma promesse et n'ai donc soufflé mot de tout cela. Mais je n'ai pas pu m'empêcher de cogiter, durant les nuits sans sommeil qui suivirent, à la manière dont je pourrais approcher Berty sans pour autant lui donner l'impression de l'avoir trahi auprès d'Angeline.

C'est grâce à la complicité de Farid, le directeur du centre de thalasso, devenu mon fidèle ami et confident, que la solution m'apparut, claire et inespérée, lors de mon troisième séjour en Tunisie.

Farid avait pris l'habitude de me convier à déguster les produits de sa pêche, à l'heure du déjeuner, avec ses amis de passage, dans la maison qu'il avait fait construire sur la plage, tout près de l'hôtel.

Dès le début de ma troisième thalasso, je ne pus m'empêcher de lui confier l'état de mon fils et ce sentiment d'impuissance que j'éprouvais face aux milliers de kilomètres qui me séparaient de lui.

Après m'avoir solennellement promis de garder le secret, Farid eut une idée.

« Mais qu'est-ce qui t'empêche de dire à ta belle-fille et à Angeline que tu pars en thalasso… même si tu n'y vas pas ? »

Et la lumière fut ! Merci, Farid !

Tout devenait soudain limpide dans mon esprit plutôt embrouillé depuis quelques mois.

« Bon sang, mais c'est bien sûr ! » se serait exclamé l'inspecteur Bourrel à la fin des *Cinq Dernières Minutes*.

Mais il allait me falloir apprendre à mentir à Moune et Linette. Tant pis, c'était un risque à prendre, et pour la bonne cause !

La plus belle des causes : qu'une mère retrouve enfin son fils.

Alors, d'une saison à l'autre et avec la complicité de Farid, la pseudo-cure de thalasso en Tunisie se mua en cure de tendresse au Canada. Jamais « mes deux filles » ne soupçonnèrent mon pieux mensonge.

Sauf peut-être Angeline qui ne comprit pas que je revienne de mon premier séjour moins bronzée et apparemment plus fatiguée qu'en partant. Ce à quoi je m'empressai de remédier, dès le retour de ma seconde escapade au Québec, par des séances intensives d'UV !

Mais j'étais heureuse car l'impossible s'était enfin réalisé : j'avais retrouvé Berty et mon cœur recommençait à battre. Le secret que je partageais avec mon fils nous aidait à avancer vers ce « mieux » annoncé par le corps médical.

Berty, éternel adolescent, avait cédé la place à Berty l'homme. Plus réfléchi, plus lucide, plus grave. Plus conscient, aussi, de la fragilité de son corps.

Berty-téméraire, Berty-courage avait dit définitivement adieu au Berty-chien fou que nous avions connu.

D'abord contrarié à l'idée que j'avais en partie failli à ma promesse, il me fallut compter avec l'aide et l'opiniâtreté de Quentine, sa compagne, que j'appris à connaître et à estimer malgré le ressentiment légitime que j'avais d'abord éprouvé pour elle. Elle réussit à convaincre Berty de me laisser venir le voir en cachette. Aussi ne m'en tint-il pas rigueur.

Je regrettais même de n'avoir pas osé effectuer plus tôt cette démarche, évidente pour une mère, et m'en voulais d'avoir cédé aux sentiments d'orgueil et de colère qui m'avaient rongée durant dix-huit mois.

Merci Quentine. Tendre, aimante et patiente Quentine.

J'ai donc pris l'habitude de m'envoler en douce chaque semestre pour Montréal, en ne manquant pas d'en avertir auparavant mon complice Farid, au cas où Angeline et Moune chercheraient à me joindre en Tunisie.

Fort heureusement, nous n'eûmes pas à nous servir de ces subterfuges. Angeline et Moune, trop respectueuses de mes recommandations et de mon bien-être, n'osèrent jamais me déranger pendant mes thalassos… Trop heureuses de constater que, à chacun de mes retours, mon moral repartait au beau fixe pour six mois.

A tel point que Moune eut un jour la bonne idée de vouloir se joindre à moi, tant les bienfaits de mes cures lui semblaient évidents !

J'acceptai à contrecœur, trop soucieuse de respecter mes engagements auprès de Berty que je m'empressai d'avertir et qui me manqua terriblement pendant dix-huit mois, l'espace de trois thalassothérapies.

Nous avons alors trouvé une autre façon de rester en contact permanent.

N'étant pas vraiment douée pour tout ce qui touchait aux nouvelles technologies, je me laissai quand même convaincre par Berty de prendre des cours d'initiation à l'ordinateur. Ce fut long et fastidieux, mais aujourd'hui je suis fière de savoir naviguer sur Internet, d'envoyer des MSN, des e-mails, des photos et de pouvoir converser enfin, par le biais de ma Webcam et de mon casque-micro, à l'autre bout du monde. Un bonheur qui m'a permis de papoter chaque jour avec mon fils malgré les milliers de kilomètres qui nous séparaient.

Puis, un jour, arriva ce « *You have a message* » sonore m'annonçant un mail dans ma boîte, et qui, chaque fois, me faisait bondir sur mon ordinateur. Ce jour-là, une simple phrase, comme l'annonce d'un miracle : « Maman, je marche, je parle, je t'aime. Ton Berty. »

C'était un mercredi, jour de la ruée vers les magasins avec Angeline. Ce mercredi béni où j'ai décidé, le soir même, de l'emmener sur « notre île »… Sans ordinateur. Berty saurait attendre une semaine pour avoir des nouvelles.

Non seulement Berty a marché, certes avec difficulté au début, mais, à force de ténacité et de volonté, il a réussi à recouvrer petit à petit l'usage normal de la parole.

Et me voici même grand-mère d'un petit Blaise !

Autant de nouvelles qu'il m'a fallu assener à Angeline durant nos six heures de vol entre Paris et Montréal. J'avais pris soin de garder en bagage à main mon ordinateur portable, afin de faire découvrir à Linette pendant notre voyage tous les e-mails échangés entre son père et moi et demeurés secrets si longtemps.

Puis ce fut le tour de Bertrand de découvrir toute la collection des photos de notre famille et de sa petite-fille, engrangées, scannées et classées par année et par saison dans l'ordinateur.

En voyant les images défiler sur l'écran dans l'ordre chronologique, on avait d'abord l'impression d'être dans un roman-photo en noir et blanc, comme ceux que je lisais par-dessus l'épaule de ma mère dans son hebdomadaire *Nous Deux*, puis dans les bandes dessinées de mon enfance des *Aventures d'Aggie* ou de *L'Espiègle Lily*.

Là, c'était Angeline au berceau, Angeline à la maison, Angeline va à l'école, Angeline a la varicelle, Angeline à la plage, Angeline aux sports d'hiver, Angeline et le Père Noël… En voyant défiler cette enfance qui la quittait doucement, Linette passait du sourire aux larmes, puis des larmes aux éclats de rire, bien secondée par son Papy Bouche qui découvrait la face cachée de son passé. Deux grands enfants émerveillés.

Puis tout s'est précipité dès que l'hôtesse a annoncé l'atterrissage imminent à Montréal-Trudeau. Angeline n'a même pas pris la peine de récupérer ses bagages, laissant ce soin à son grand-père, tant elle était impatiente de se blottir enfin dans les bras de ce papa qu'elle avait pensé ne jamais revoir.

Et pourtant, moi, j'y avais toujours cru.

J'en ai même oublié de faire la photo des retrouvailles ! Trop d'émotion. Trop de tout. Je n'entendais que les battements de mon cœur qui s'emballait.

Dire que je ne pouvais même pas m'allumer une cigarette, puisque je ne fume plus ! Enfin… le moins possible !

Bertrand, en larmes, serra dans ses bras Berty junior, pourtant plus grand que lui. Angeline se glissa entre les deux, et tous trois se mirent alors à sauter en faisant la ronde, comme des footballeurs après la victoire !

Oui, Berty, nous l'avons gagné, ce match. Nous nous sommes bien battus.

C'est seulement après cette ronde de bonheur, à l'intérieur de laquelle je m'autorisai à m'immiscer, que mon fils prit tendrement Angeline par les épaules pour lui présenter sa « blonde[1] » et néanmoins brune Quentine et le tout jeune Blaise, qui se tenaient discrètement à l'écart.

Malgré ce prénom qui lui donnait envie de rire, malgré aussi le fait qu'elle ait pris la place de Moune auprès

1. C'est ainsi qu'on appelle sa compagne, au Québec.

de son papa, Linette aima tout de suite Quentine. Quant à Baby Blaise, c'était un amour de bambin, joliment dodu, à la peau très claire, aux cheveux blonds bouclés et… des yeux plus bleus que le bleu du ciel…

« …Quand il est bien bleu ! » ajouta Angeline en devinant mes pensées.

La semaine passa trop vite, entre le « magasinage » rue Sainte-Catherine, le pèlerinage au Mont-Royal cher à Bertrand, où il avait vécu à quelques blocs de son fils sans le savoir, les visites du Vieux-Montréal et de la place Jacques-Cartier, et une dernière escapade à Québec pour la photo de famille avec nos nouveaux cousins, sur le grand terre-plein qui longe le Saint-Laurent, devant le Château Frontenac.

Une semaine plus tard, c'était une tribu agrandie de onze nouveaux membres qui nous faisait sa *ola* dans le hall de l'aéroport pour fêter à regret notre retour vers Paris.

Berty promit de venir, accompagné de Blaise et de Quentine, passer les prochaines vacances d'été avec nous, à Noirmoutier.

A ce moment précis, j'eus une tendre pensée pour Moune et Geoffrey qui allaient nous attendre à Roissy, pour une *ola* à deux ! Enfin… deux et demi…

Ah, oui ! J'allais oublier. Ma douce, ma grande, ma belle Angeline… Je pense que tu vas encore avoir une jolie surprise à ton arrivée. Mais je ne te dirai rien. Je laisse la primeur de l'annonce à ta maman car c'est encore un secret que j'ai promis de garder. Et crois-moi, côté secrets, je suis blindée !

Ta maman devrait t'annoncer un heureux événement… Ce sera une fille, paraît-il. Moune et Geoffrey voulaient me faire plaisir en l'appelant Mariette…

Ah, non, s'il vous plaît ! Je déteste Mariette.

Et puis, il faudrait un prénom en « ine », pour rimer avec Angeline…

Micheline ? Trop rétro. O.K. !

Delphine ? Trop entendu. Bon.

Clémentine ? Trop fruit ! D'accord.

C'est en regardant une photo que j'avais prise d'Angeline, devant les voiliers de la plage des Souzeaux, qu'un joli prénom me vint, comme une évidence… Marine.

Parce que Marine, ça évoque la mer, les bateaux… Ça respire l'Atlantique.

Marine et Angeline… Oui, Marine, ce serait joli. Moune et Geoffrey sont d'accord.

Il faudra que j'emmène Marine à Noirmoutier…

… dans quinze ans !

Tout ça valait bien une chanson : *Entre marais et océan…*

Il y a des cortèges de dunes
Sous le vieux cèdre bleu géant
Il y a des senteurs d'algues brunes
Quand les marées défient le vent
Il y a des bateaux de couleurs
Embarqués sous les goélands
C'est là que se pose mon cœur
Entre marais et océan

Il y a des brouillards dans la brume
Qui jouent à cacher les matins
Lorsque les fenêtres s'allument
Et que repartent les marins
Il y a des rêves de douceur
Quand sur la plage en m'endormant
Je laisse chavirer mon cœur
Entre marais et océan

Il y a des rochers qui s'enroulent
Sous les vagues de goémon

Il y a des vélos qui se rouillent
A voir défiler les saisons
Il y a la pomme que l'on cultive
Et qui sera bonne au printemps
Quand mon cœur se joue la dérive
Entre marais et océan

Y a des murs blancs derrière la brande
Des tamaris, du mimosa
Y a des volets qui se demandent
S'ils seront bleus comme autrefois
Il y a des rayons de couleurs
Dans la chambre au soleil couchant
Là où se retrouvent nos cœurs
Entre marais et océan

Alice Dona, « La Linière », avril 1999.

REMERCIEMENTS

Merci à Lolo de m'avoir permis de découvrir « son île »…

Merci à Marie-Ange, Thibault, Marjorie, Caroline, Karen, Julien, Benjamin, Anissa, Sébastien, Angèle, Romain, Clémence, Justine, Fouad, Daphné, Vincent, Jessica et sa bande, Victor et les autres… qui ont accepté de me raconter leurs quinze ans.

Merci aussi à Georges, Jean-Charles, Jeanne-Hélène, Hervé, Pello, Thierry, Muriel, Lulu, François, Coco, Jean-Michel, Nicolas, Gigi, Coq, Henri, Marilyn, Françoise l'une et Françoise l'autre, Jean-Louis, Guy, Michou, Patrick, Christine, Gilles, Marie-Hélène, Florence, Sylvia… et à tous ceux de « là-bas »…

… aux habitués de la petite maison des dunes, pas la grande du roman, l'autre !

Table

Du même auteur :

La Vie à l'envers, Michel Lafon, 1987.

Cricri, Editions Anne Carrière, 2004.

Composition réalisée par Asiatype

Achevé d'imprimer en août 2007 en Espagne par
LIBERDÚPLEX
Sant Llorenç d'Hortons (08791)
N° d'éditeur : 93225
Dépôt légal 1re publication : février 2007
Édition 02 - août 2007
LIBRAIRIE GÉNÉRALE FRANÇAISE – 31, rue de Fleurus – 75278 Paris cedex 06

31/1878/3